SECRETOS DE UN MATRIMONIO

NALINI SINGH

MAY 2016

Editado por Harlequin Ibérica.
Una división de HarperCollins Ibérica, S.A.
Núñez de Balboa, 56
28001 Madrid

© 2006 Nalini Singh
© 2015 Harlequin Ibérica, una división de HarperCollins Ibérica, S.A.
Secretos de un matrimonio, n.º 2074 - 25.11.15
Título original: Secrets in the Marriage Bed
Publicada originalmente por Silhouette® Books.
Este título fue publicado originalmente en español en 2006

I.S.B.N.: 978-84-687-6641-6
Depósito legal: M-28047-2015
Impresión en CPI (Barcelona)
Fecha impresion para Argentina: 23.5.16
Distribuidor exclusivo para España: LOGISTA
Distribuidor para México: CODIPLYRSA
Distribuidores para Argentina: Interior, DGP, S.A. Alvarado 2118.
Cap. Fed./Buenos Aires y Gran Buenos Aires, VACCARO HNOS.

MAY -- 2016

Capítulo Uno

–Estoy embarazada.

A Caleb Callaghan se le detuvo el corazón.

–¿Cómo?

–Que estoy embarazada. De tres meses, el médico acaba de confirmármelo –dijo Vicki pasándose una mano por su melena rubia.

La mente de Caleb se puso en marcha rápidamente. Aquella era la oportunidad que llevaba esperando dos largos meses y no dejaría que se le escapara. Se acercó a ella y se arrodilló a su lado.

–Llevas dentro a nuestro bebé –comentó maravillado.

En apenas unos segundos, su vida había pasado de ser un infierno a ser el cielo.

«Vicki no podrá divorciarse de mí si está embarazada», se dijo.

Como si ella le hubiera leído el pensamiento, negó con la cabeza.

–Eso no cambia nada, por supuesto –afirmó, pero no con tanta seguridad como le hubiera gustado.

Él aprovechó el momento. Aquella era la batalla más importante de su vida, así que lucharía con uñas y dientes, incluso recurriría al juego sucio si era necesario.

–Lo cambia todo –aseguró tomándola de la mano, encantado de poder tocarla de nuevo.

–No.

Desde que se habían separado, hacía meses, él había intentado todo lo posible para recuperar a su esposa. Y había fracasado. Pero si estaba embarazada, ella no lo tendría tan fácil para justificar su divorcio.

–¿Cómo que no lo cambia? El bebé es mío.

La mano de ella se crispó en la suya.

–No me acoses, Caleb –le advirtió ella.

Él repensó la forma de abordarla. No iba a permitir que ella lo apartara de su vida, pero sabía que, si la presionaba demasiado, la perdería. Pero su Victoria siempre había tenido buen corazón.

–Tengo derecho a vivir ese proceso contigo. También es mi primer hijo, quizás el único que tenga –le dijo, y vio que por el rostro de ella desfilaban multitud de emociones.

–Quieres volver a vivir en nuestra casa, ¿no? –dijo ella refiriéndose a su chalé sobre St. Marys Bay, cerca del centro de Auckland.

–Voy a regresar a nuestra casa –aseguró él, eso no era negociable–. No permitiré que te divorcies de mí mientras lleves a nuestro hijo en tu vientre.

Así tendría seis meses para convencerla de que merecía la pena salvar su matrimonio, que cinco años de compromiso no deberían desecharse tan rápido.

Cuando se separaron, ella le había pedido que le dejara su espacio. Él se lo había concedido, telefoneándola una vez al día o visitándola un par de veces a la semana para asegurarse de que estaba bien. Pero todo eso terminaba en aquel momento. Quería recuperarla.

–Este bebé es un regalo, Vicki, es nuestra oportunidad de reconciliarnos.

La mirada de ella se suavizó. Él se puso en pie, la levantó y la atrajo hacia sí. Sus cuerpos siempre habían encajado a la perfección.

–Haré que trasladen mi equipaje desde el hotel esta misma tarde –anunció él, que odiaba el hotel–. Estaremos bien –añadió convencido.

Sucediera lo que sucediera, no iba a perderla. Ella lo era todo para él.

Vicki permitió que Caleb la abrazara, aunque sabía que estaba cometiendo un terrible error. Pero había echado tanto de menos estar en brazos de su esposo… Los dos meses que habían estado separados, le había echado de menos cada día. Cada vez que él le había invitado a comer o a tomar café, ella sabía que debería haberse negado, pero en lugar de eso siempre había aceptado las invitaciones. Y esa conducta tan peligrosa amenazaba con repetirse.

–No es necesario que vivas en casa para compartir esto conmigo.

Él la apartó levemente de sí para poder mirarla a los ojos.

–Por supuesto que es necesario. ¿Quieres criar a nuestro bebé como te criaron a ti, sin que apenas conozca a su padre?

Ella contuvo el aliento.

–Sabes donde duele más, ¿eh?

Lo que menos quería ella era que su hijo o hija creciera sintiendo que alguno de sus padres no lo quería.

Él la soltó y se llevó las manos a las caderas.

–No voy a edulcorar la verdad: si insistes en nuestra separación, terminará en divorcio y nuestro hijo se verá de una casa en otra el resto de su vida.

–¿Te parece mejor que crezca en un campo de batalla?

–Claro que no –respondió él levantando la voz–. Pero, Vicki, no puedes tenerlo todo. O bien me dejas regresar y comenzamos a solucionar nuestros problemas, o aceptas la alternativa.

–Esto está yendo demasiado rápido… Necesito tiempo.

–Has tenido dos meses. Es tiempo más que suficiente –replicó él apretando la mandíbula.

No era ni mucho menos suficiente, pensó ella. Se habían visto varias veces a la semana durante los dos meses de separación, pero no habían hablado de lo que tenían que hablar.

–Caleb, míralo desde mi punto de vista. Acabo de enterarme de que estoy embarazada. Si además tú me presionas, va a ser demasiado para mí.

–Cuanto más tiempo me tengas alejado de ti, menos tiempo tendremos de arreglar las cosas antes de que llegue el bebé –replicó él–. No voy a volverme atrás en esto, así que será mejor que digas que sí.

Si ella no hubiera tomado una decisión antes de acercarse al negocio que él había levantado con determinación, quizás la afirmación de él le habría hecho plantearse las cosas. Pero, aunque muchas cosas de él eran un misterio para ella, Vicki sí sabía que Caleb no querría mantenerse al margen del embarazo, aunque ella estaba decidida a convencerle de lo contrario. Por eso, había pensado mucho en las condiciones bajo las que le permitiría regresar a la casa.

–De acuerdo –dijo ella, y nada más decirlo ya estaba lamentándose de sus palabras.

Le había abierto la puerta y él entraría arrasando. Pero la felicidad de su bebé estaba en juego.

—Es la decisión correcta, cariño —comentó él con arrogancia—. Ya lo verás, todo irá bien.

Ella frunció el ceño ante la actitud de él y se dispuso a avisarle de que las cosas iban a ser distintas esa vez.

—Escucha, puedes instalarte en la casa, pero…

Él le hizo un gesto de que se callara, sonrió y le puso una mano en el vientre a Vicki. Ella dio un respingo, sorprendida.

—No querrás que el bebé nos oiga discutir, ¿verdad? —dijo él.

Vicki sintió que el estómago se le revolvía. Se repetía de nuevo la misma conducta: ella hablaba y él no la escuchaba.

—Caleb, quiero que sepas…

—Luego —dijo él, y le retiró el pelo de la cara—. Tenemos todo el tiempo del mundo.

Caleb estaba atónito: todas sus cosas estaban en la habitación de invitados.

—¿Qué demonios significa esto? —le preguntó a su esposa, que lo observaba desde la puerta con los brazos cruzados.

No se parecía en nada a la mujer que le había permitido abrazarla unas horas antes.

—Esto es lo que sucede por no escuchar mis objeciones a que volvieras a vivir aquí. Es lo que sucede por ir por la vida como una apisonadora —respondió ella con voz de acero, muy distinta al murmullo de asentimiento que solía emplear con él–. Has dicho «luego». Bueno, pues esto es «luego». Puedes quedarte en la casa, pero no creas que vas a regresar a mi vida como si no hubiera pasado nada. Para mí, todavía estamos separados.

Él no podía ni moverse de la conmoción. En los cinco años que habían estado casados, Vicki nunca le había hablado de esa manera.

–Cariño… –comenzó él.

–No, Caleb. No voy a dejar que me fuerces a algo para lo que aún no estoy preparada.

–Así no nos estás dando una oportunidad –protestó él–. No vamos a poder solucionar nuestros problemas si me destierras a esta habitación y además no dejas de amenazarme con el divorcio.

–Tampoco vamos a hacerlo a tu manera –replicó ella con las mejillas encendidas–. Quieres que todo vuelva a ser como antes, como si no hubieras estado viviendo en un hotel los dos últimos meses… Yo era una persona deprimida cuando estábamos casados. ¿Es esa la esposa que quieres volver a tener?

Las palabras de ella le dolieron a Caleb.

–Nunca te quejaste y de pronto, un día, me dijiste que querías el divorcio. ¿Cómo demonios iba yo a saber que no eras feliz? No puedo leerte el pensamiento.

Vicki apretó los puños.

–Es cierto, no puedes. Pero no tendrías que hacerlo si alguna vez te tomaras la molestia de escucharme en lugar de insistir en que las cosas o se hacen a tu manera, o no se hacen.

Caleb cada vez estaba más furioso. Desde el día en

que se habían casado, había hecho todo lo posible por cuidar de ella, por protegerla, ¿y así era como se lo agradecía?

–Tú nunca quisiste tomar decisiones ni llevar la iniciativa, así que lo hacía yo.

–¿Alguna vez se te ocurrió que quizás yo quisiera algo más en la vida que estar a tu servicio? La gente crece y cambia, Caleb. ¿Nunca pensaste que quizás a mí también me pasaba?

Aquella pregunta detuvo el creciente enfado de él, porque tenía razón: para él, Vicki seguía siendo la joven novia de diecinueve años con la que se había casado hacía cinco. Dada la diferencia entre ellos no solo de edad, sino también de experiencia vital, él había asumido como lo más normal el mando de su matrimonio.

Eso no significaba que ella no tuviera sus propias virtudes. De hecho, era madura para su edad, tenía mucha iniciativa y estaba deseosa de adoptar su rol como esposa de un joven abogado decidido a convertirse en el mejor. Una de las cosas que más le había atraído de ella había sido la fuerza de carácter que se escondía detrás de sus tímidas sonrisas.

Él, con veintinueve años cuando se habían casado, había tenido una vida dura, mientras que a ella con diecinueve la vida aún no le había puesto a prueba y se movía en un entorno donde todo el mundo respetaba ciertas reglas. Él, que estaba acostumbrado a tomar decisiones, había asumido ese papel también en su matrimonio.

Por primera vez en mucho tiempo, Caleb miró a Vicki sin que lo cegaran los recuerdos de la preciosa jovencita que había sido. Ella seguía siendo delgada y muy bella, con los ojos azules y el pelo sedoso. Pero ya no tenía la mirada de inocencia de antaño.

De casados, ella recurría a él para todo. Pero en ese momento su mirada era distante, ocultaba un mundo de secretos al que él no podía acceder. Caleb sintió una sacudida al darse cuenta de que no tenía ni idea de quién era ella en realidad bajo su elegante máscara.

—No, supongo que nunca lo pensé –admitió él, algo impensable en alguien que basaba su vida en su confianza en sí mismo y en sus instintos.

Vicki se quedó con la boca abierta.

—Pero no me eches a mí toda la culpa –añadió él.

Los dos tenían su parte de responsabilidad en el fracaso de su matrimonio y, si querían reconstruirlo, tenían que ser sinceros el uno con el otro.

—Ya sabes cómo soy. Si tú hubieras comentado algo, yo habría intentado arreglarlo. No me gusta que sufras.

Por eso mismo nunca le había reprochado lo único que ella no era capaz de entregarle: su pasión, su deseo. Ese vacío le había dolido más que nada en el mundo, y todavía le dolía, pero él era incapaz de hacer daño a su querida esposa, ni siquiera para mitigar un poco su propio dolor. Desde el primer momento, lo único que él había deseado había sido hacerla feliz.

Ella negó con la cabeza.

—Ese es el asunto, Caleb. No quiero que arregles nada por mí. Lo que necesito es…

—¿El qué, Vicki? Dímelo –le urgió él, y de pronto se dio cuenta de que era la primera vez que se lo preguntaba.

¿Qué tipo de marido había sido si no se había preocupado de saber qué necesitaba ella? Incluso en la cama, él había tomado siempre la iniciativa, seguro de su habilidad para proporcionarle placer a ella, aunque ella no lo deseara a él con la misma intensidad con que él la deseaba a ella. ¿Y si ella había necesitado algo más, algo que él no había sabido darle? ¿Y si esa fuera la razón por la cual ella nunca le había respondido con la intensidad con la que a él le hubiera gustado?

El rostro de ella se relajó.

–Solo necesito que me veas de verdad y que me ames *a mí*, no a tu idea de la mujer perfecta ni a la mujer en que mi abuela intentó convertirme. Quiero que me veas a mí, a Victoria.

–Yo nunca intenté cambiarte –saltó él.

–No, Caleb, porque ni siquiera me veías.

Eso era lo que más le había dolido a ella. Porque ella sí amaba a Caleb Callaghan con todo su corazón. Amaba su risa, su inteligencia, su terquedad e incluso su mal genio. Pero eso no era suficiente. Un amor así podía terminar destruyendo a quien lo sentía si no era correspondido. Y, a pesar de lo que dijera Caleb, ella sabía que él no le correspondía. Para él, ella era una flor frágil y exótica a la que debía proteger, incluso de sus intensos sentimientos hacia ella, como sucedía en aquel momento. Caleb apretó los puños y la mandíbula, pero se mantuvo bajo control.

–Si no te veía, ¿junto a quién diablos he pasado cinco años, junto a un fantasma? –preguntó él con sarcasmo.

–Quizás sí –contestó ella afectada, pero, ¿cómo transmitirle algo que ella apenas estaba empezando a

11

comprender?–. ¿Quién era yo en ese matrimonio, Caleb?

–Mi esposa. ¿No era suficiente? –respondió él con un dolor que ella no le había visto nunca.

–La esposa de Caleb Callaghan –repitió ella con un nudo en la garganta–. ¿De veras yo era eso?

Él frunció el ceño.

–¿Por qué lo preguntas? Pues claro que eras mi esposa, y aún lo eres. Y si acabaras con esta tontería de dormir en habitaciones separadas, podríamos comenzar a arreglar las cosas.

«Si yo soy tu esposa, ¿por qué hiciste *eso* con Miranda?», gritó ella en su cabeza. Pero aún no estaba lo suficientemente fuerte como para poder afrontarlo, solo habían transcurrido cuatro meses desde el acontecimiento y la herida aún seguía abierta.

–No es ninguna tontería, Caleb. Esto es real, así que, por primera vez en tu vida, ¡empieza a prestar atención a tu matrimonio! –exclamó ella, y se dio la vuelta y salió de la habitación.

Él maldijo en voz alta y lanzó algo contra la pared, pero no la siguió.

Aliviada, Vicki entró en su dormitorio a punto de desmoronarse emocionalmente. Una cosa era imaginarse enfrentándose a Caleb para ponerse en su sitio y otra estar delante de él. Durante todo su matrimonio, ella nunca había dicho lo que debía decirse porque había sido demasiado débil para oponerse a la arrolladora fuerza de Caleb. Y el hecho de que él estuviera de nuevo en aquella casa la asustaba. ¿Y si ella volvía a deprimirse, echando a perder todo lo que había ganado en los meses en los que habían estado separados?

Habían sido unos meses en los que había examinado su vida bajo una mirada crítica. Y lo que había descubierto no era agradable. Pero al menos estaba afrontando sus errores y el desbarajuste que había sido su matrimonio. Lograr que Caleb hiciera lo mismo era una dura batalla, pero ella había comenzado a luchar hacía dos meses, cuando le había pedido el divorcio.

Había sido una acción nacida de la desesperación. Ella había querido sacarlo de su autocomplacencia a empellones, había querido hacerle ver que ellos no tenían una vida en común, solo sobrevivían. A pesar de lo que ella había sufrido a causa de lo que él había hecho con Miranda en el viaje de negocios a Wellington, ella no había querido renunciar al sueño que los había unido la primera vez.

Pero ni siquiera por ese sueño continuaría ella escondiéndose detrás de una fachada de matrimonio perfecto, cuando la realidad era que estaba deshecho. Así que había tirado el anzuelo y había esperado a que él respondiera. Él lo había hecho, no la había dejado tirada. Aunque se había mudado de la casa, había mantenido el contacto con ella cada día.

El inesperado regalo de que iban a tener un hijo les ofrecía la oportunidad de pasar más tiempo juntos. Tiempo para que él conociera mejor a Vicki, para empezar a comprender a la mujer que había debajo de su frágil envoltura de cortesía y urbanidad.

Una vez que supiera cómo era ella, él tendría que decidir si quería o no seguir casado, si quería luchar por arreglar un matrimonio que ella no creía que pudiera arreglarse. Vicki no tenía intención de volver a comportarse como la esposa cosmopolita y la perfecta anfitriona. El asunto era, ¿y si ese era el tipo de mujer que Caleb quería? Una mujer que viviera su vida independientemente de él y no le pidiera más que dinero y un lugar en la sociedad; una mujer que cerrara los ojos ante las infidelidades de su marido; una mujer que nunca destruyera el estilo de vida conservador de su esposo pidiéndole el divorcio porque él ya no la amaba.

Capítulo Dos

Caleb estaba de muy mal humor. Había creído que pasaría la noche con su esposa, y no había podido dormir sabiendo que su mujer estaba a pocos metros y que no podía tocarla. Por la mañana, cuando había sonado su despertador, se había levantado con los nervios de punta.

¿Por qué estaba haciéndole eso? Ella nunca se había comportado de una forma tan poco razonable. ¿Cómo esperaba que fingieran estar separados si vivían bajo el mismo techo y ella estaba embarazada de él? Para él, matrimonio significaba compartir la cama. Y además, echaba de menos a Vicki. ¿Acaso ella no le extrañaba ni un poco?

Se dio una ducha rápida, se puso un traje y entró en la cocina esperando una fría acogida. Vicki le ofreció una taza de café. Eso lo animó, porque últimamente ella nunca lo cuidaba. Se sentó en un taburete y se recreó en la sensación de estar en casa de nuevo. A pesar de las muchas horas que había dedicado a su carrera como abogado emergente, había restaurado aquella casa con sus propias manos. Había sido su forma de aislarse del competitivo mundo en el que pasaba gran parte de su vida.

Cuando se había casado con Vicki, la casa estaba solo parcialmente restaurada. Él esperaba que ella protestara al respecto, pero se había mostrado entusiasmada con el trabajo que aún quedaba por hacer y gran parte lo había llevado a cabo ella misma.

Un año después, habían logrado un hogar con la huella de su personalidad. Algunos de los momentos más felices de su matrimonio les habían sucedido cubiertos de pintura o serrín.

—Creí que ibas a decirme que me buscara la vida.

—¿Y que te alimentaras solo de comida congelada o precocinada? –preguntó ella preparando unos huevos revueltos con beicon.

Caleb sabía cocinar. Había tenido que aprender de pequeño, obligado por las circunstancias, para que su hermana y él pudieran alimentarse debidamente cuando sus padres estaban tan ocupados con sus vidas que se olvidaban de ellos. Pero desde el primer día de convivencia, Vicki había tomado posesión de la cocina y él la había dejado hacer. Uno de los placeres más secretos de Caleb era disfrutar de que su mujer se preocupara tanto por él que quisiera cocinar para él. A nadie más le había importado si él se alimentaba bien o no. Y por eso le había dolido tanto cuando ella había dejado de hacerlo.

Él agarró la taza de café y el plato de huevos revueltos con beicon que ella le tendía. Sonrió.

—¿No me acompañas?

El desayuno era una de las pocas comidas en las que solían coincidir. ¿Qué diría ella si supiera que él había preferido no desayunar casi ningún día desde su separación porque no podía soportar que ella no estuviera a su lado? No iba a contárselo, por supuesto.

Ella hizo una mueca de desagrado.

–Creo que esperaré una hora o así.

–¿Estás bien, cariño?

Ella esbozó una sonrisa bellísima.

–Solo son náuseas matutinas, es la primera vez que las noto.

–¿No te había pasado nunca? –inquirió él, fascinado por la vida que crecía dentro de ella.

Ojalá ella no lo apartara de esa experiencia igual que lo había apartado de su cama.

Ella negó con la cabeza.

–No. Esto tiene su propio ritmo. Pero tengo suerte, hasta ahora está siendo un embarazo de lo más tranquilo. Come o llegarás tarde.

Él obedeció mientras la observaba moverse por la cocina vestida con unos vaqueros y un cárdigan verde que invitaba a acariciarlo de lo suave que parecía. Caleb tuvo que contenerse para no recorrer aquella figura con sus manos. Los tres meses de embarazo aún no se notaban, ella estaba igual que cuando estaban casados. Pero, como había aprendido la noche anterior, las cosas habían cambiado.

Ella sacó un par de tostadas del tostador, las untó con mantequilla y se las dio a Caleb. Al ir a agarrar el plato, él reparó en un sobre rosa que había al final de la encimera.

–¿Qué es eso?

–Una carta de mi madre. Quizás venga a Auckland de visita dentro de una o dos semanas, para ver qué tal me va. Come –explicó ella, y se guardó el sobre en un bolsillo del pantalón.

Caleb se preguntó si ella se tomaría el asunto con tanta ligereza como aparentaba. Cada vez que Danica

Wentworth irrumpía en la vida de su hija, esta se quedaba destrozada y además se negaba a hablar de ello. Era tan evidente que le dolía en lo más profundo, que él nunca le había presionado para que le hablara de ello. Lo cierto era que una parte de él temía que, si la presionaba demasiado, ella quizás reaccionara de la misma manera, y había cosas de su niñez que él no quería que nadie supiera.

Esa misma niñez le había provisto a él de las herramientas para comprender el recelo de ella. ¿A qué niño le gustaría acordarse de la mujer que lo había abandonado por ir detrás de un amante? Aunque ese hombre había vuelto a casarse con otra mujer, Danica había seguido fiel a él, nunca le había dejado como había hecho con su hija de cuatro años. Y lo peor, había confiado a Vicki a la madre de su exmarido, Ada, una mujer que desconocía lo que era el instinto maternal.

Vicki le dirigió una mirada de curiosidad al ver que él la miraba fijamente.

—¿Qué pasa?

—Nada.

Nada que él pudiera poner en palabras. Ansiaba acercarse a ella y demostrarle lo que sentía por ella. Le parecía que llevaba una eternidad deseando abrazar a su esposa.

—¿Vas a ir hoy al juzgado? —preguntó ella fijándose en su traje.

Para sorpresa de Caleb, ella se acercó y le arregló el cuello de la camisa. Aquel gesto y sentirla tan cerca lo conmovió. Él asintió intentando disimular su asombro. Vicki nunca lo tocaba a menos que él iniciara el contacto.

–Es el caso Dixon-McDonald.

Se miraron a los ojos y entonces ella apartó sus manos de él, como si estuviera sorprendida de su propio comportamiento.

–Dos empresas luchando por una patente, ¿no es así? –comentó ella ruborizándose un poco–. ¿Crees que vais a ganar?

Él estaba más que sorprendido de que ella conociera el caso. Sonrió. Vicki estaba muy diferente.

–Callaghan&Associates siempre gana.

Ella no lo miró, pero contestó con una carcajada.

–¿Y qué hace tu bufete metido en un caso de patentes? Creí que era un terreno muy especializado.

Cómo había echado de menos la risa de ella, al escucharla se dio cuenta de que hacía mucho tiempo que no la escuchaba, meses antes de que él se trasladara a vivir al hotel. Se sintió culpable. ¿Cómo era posible que no se hubiera dado cuenta de lo infeliz que era ella? Ni siquiera cuando le había pedido el divorcio, él había reaccionado hasta ese momento. ¿Qué le había sucedido a él? ¿Había estado tan atrapado en su trabajo que se había olvidado de la mujer a la que había prometido amar y proteger hasta que la muerte los separara?

–¿Desde cuándo sigues los casos en los que trabajo?

–Desde siempre.

–Nunca me habías comentado nada antes. Ni siquiera cuando venían clientes a cenar, apenas preguntabas lo necesario para asegurarte de que todo marchaba bien.

Nunca le había dicho nada del bufete que él había levantado con esfuerzo y que era parte de su vida.

Ella respiró hondo.

–No quería parecer una estúpida. Yo no tengo estudios en el campo legal. Y tú nunca parecías querer hablar del trabajo cuando llegabas a casa. Creí que tendría algo que ver con el tema de la confidencialidad.

–No habrías parecido una estúpida ni aunque lo hubieras intentado. El secreto profesional no nos impide comentar las cosas en términos generales, como acabamos de hacer. No te hablaba de mi trabajo porque creía que no te interesaba.

¿Y por qué había creído eso?, se preguntó él, pero no lograba dar con la respuesta. Por lo menos, arreglaría el error.

–La razón por la que hemos aceptado el caso es porque el cliente ha seguido a Marsha Henrikkson, la nueva socia que acaba de incorporarse a nuestro bufete. Ella es una magnífica abogada de patentes.

Vicki sonrió.

–¿Qué sucede? –preguntó él, emocionado por haber logrado que su esposa sonriera.

Le asaltaron recuerdos agridulces. Tiempo atrás, un día después de haber lijado aquella encimera, él había levantado la vista y se había encontrado con la sonrisa de ella. En aquel tiempo él tenía grandes esperanzas sobre su futuro y había agarrado a su esposa entre risas y le había hecho el amor allí mismo, en el suelo.

–Nada –respondió ella sin abandonar su sonrisa–. ¿Quieres más tostadas?

–No, ya he comido suficiente.

Caleb terminó su café y se puso en pie. Ojalá no tuviera que marcharse a trabajar. Hacía mucho tiempo que Vicki y él no estaban tan a gusto juntos.

–Te avisaré si veo que voy a llegar tarde.

–Ya.

Él advirtió cierta amargura en su tono.

–¿Por qué dices eso?

–Siempre llegas tarde, Caleb. No recuerdo cuándo fue la última vez que cenamos juntos, sin que fuera una cena de negocios –respondió ella apretando la mandíbula.

Él había creído que a ella le daba igual si él estaba con ella o no. Después de todo, no soportaba que la tocara y, cuando estaban juntos, él deseaba hacerlo. Ese rechazo a tener intimidad con él le había medio destrozado, pero ella seguía siendo la mujer que él quería como esposa.

–¿Quieres que llegue a casa a cenar?

–¡Por supuesto que sí! Eres mi marido –exclamó ella, y frunció el ceño.

–Entonces, llegaré a tiempo.

Otra inesperada sonrisa iluminó el rostro de ella.

–¿En serio?

–Te lo prometo –le aseguró él, conteniéndose para no besarla.

Ella se acercó a él.

–Estaré esperándote.

Él deseó que ella lo tocara, que lo abrazara… Pero Vicki nunca iniciaba el contacto físico, así que él había aprendido a contenerse y a no pedir cosas que ella nunca le daría.

Momentos más tarde, Vicki observó a Caleb alejarse en su coche. Por mucho que creyera que lo conocía, siempre la sorprendía de alguna manera. Por ejemplo, el que hubiera accedido tan fácilmente a cenar con ella esa noche la había dejado atónita.

Ella detestaba ser menos importante que el bufete al que él dedicaba su vida. El que Caleb hubiera aceptado su petición le daba esperanzas de que la batalla quizás no era tan imposible como siempre le había parecido. Quizás por fin él comenzaba a escucharla.

¿Y ella, estaba escuchándolo a él?, se preguntó de pronto. Había tenido la sensación muchas veces de que él quisiera decir o hacer algo pero se contuviera.

No siempre había sido así. Al principio, la fuerza de él casi la había arrasado. A ella le asustaba un poco que él fuera tan intenso, pero a la vez le gustaba. Luego, algo había cambiado entre ellos, como si se hubiera roto algo.

Al poco de casarse, si ella se hubiera acercado a él y le hubiera colocado bien el cuello de la camisa, por muy enfadados que estuvieran el uno con el otro, él la habría tomado entre sus brazos y la hubiera besado hasta quedar sin aliento. Esa mañana, ella había hecho ese gesto deliberadamente, para comprobar si quedaba algo de esa pasión de antaño. Pero la respuesta la había dejado destrozada.

¿Qué había sucedido con el fuego que los había poseído en tiempos? Si no lograba volver a ser importante para Caleb, se moriría.

¿Por qué tenía la sensación de que Caleb se esforzaba constantemente por frenar su naturaleza? Podía sentir la intensidad de las emociones que él mantenía encerradas. ¿Por qué ella no era capaz de pedirle que le dijera eso que siempre parecía a punto de decir?

Él tenía razón, no había sido el único que había cometido errores en su matrimonio.

Capítulo Tres

Esa noche, al llegar a casa, Caleb se encontró a Vicki en el salón mirando el teléfono. Llevaba un vestido negro sin mangas que realzaba cada una de sus deliciosas curvas, y estaba de lo más tentadora. ¿Por qué se había puesto un vestido tan sexy para cenar?, se preguntó él, inseguro.

–¿Era algo importante? –le preguntó él dejando su maletín, su gabardina y su chaqueta en el sofá.

–Tu secretaria acaba de telefonear desde su apartamento. Se le ha olvidado decirte que ha logrado cambiar la reunión con el señor Johnson. La cita es mañana a las ocho de la mañana.

Era la reunión que Caleb había cancelado para poder cenar esa noche con Vicki.

–Gracias por haber recogido el mensaje. Me he quedado sin batería en el móvil –explicó quitándose la corbata y desabrochándose los botones superiores de la camisa–. ¿Por qué me miras así? –le preguntó él, reprimiendo con todas sus fuerzas su ansia por acariciar aquellos brazos desnudos.

–No era Miranda –farfulló ella, pidiéndole una explicación con los ojos.

Pero si había algún tema del que él no quería hablar, era de su anterior secretaria.

–No, hace tiempo que se marchó –contestó él y,

cediendo a la tentación, le pasó una mano suavemente por la sedosa redondez del hombro.

Ella se estremeció pero no se apartó. Nunca lo hacía, al menos hasta el último momento.

Vicki quería preguntarle por qué Miranda había dejado de trabajar con él, pero el valor que la había hecho llegar hasta allí se desvaneció de pronto. ¿Y si Miranda ya no era la secretaria de Caleb porque era algo más para él? Ese tipo de cosas eran habituales en los círculos en los que ella había crecido, su propia madre era un ejemplo perfecto. Y Caleb había estado viviendo por su cuenta durante dos meses. Quizás se había cansado de esperar.

Vicki miró al suelo intentando recuperar el equilibrio, pero todo le daba vueltas.

—Necesito sentarme...

Lo oyó maldecir y, antes de que ella se desmayara, él la agarró en sus poderosos brazos y la llevó al sofá. Él se sentó y la mantuvo pegada a él.

—Vicki, háblame. Vamos, cariño. ¿Te encuentras bien? ¿Hay algún problema con el bebé?

Ella respiró hondo varias veces mientras se dejaba cuidar por el único hombre que la había tratado con tanta ternura.

—No, todo está bien. Los dos estamos bien. Solo necesito un momento.

Vicki se dio cuenta de que algún mechón de pelo había escapado de su moño perfecto y se dispuso a volver a sujetárselo. Pero entonces, en lugar de arreglarse el moño, se soltó el pelo y dejó que le cayera por los hombros. A Caleb siempre le había gustado que lo llevara suelto, aunque casi nunca lo decía.

–Si los dos estáis bien, ¿por qué te has mareado?

«Porque acabo de pensar que quizás tengas una amante», pensó ella, pero el miedo le impidió decirlo en voz alta. Quizás se hubiera vuelto más fuerte en los últimos meses, pero aún no lo suficiente para escuchar la respuesta de él a esa pregunta.

–Creo que me he extralimitado preparando la cena –mintió ella, y se encogió de hombros.

–¿Estás segura de que eso es todo? –preguntó él masajeándole el cuello seductoramente.

Como siempre que él la tocaba, Vicki sentía ganas de comportarse de forma muy poco adecuada para una dama, y eso la asustaba. ¿Hacía él eso con Miranda?, se preguntó, pero se obligó a no pensar en ello. No dejaría que sus temores sabotearan la decisión que había tomado.

En el tiempo que habían pasado separados, ella había tenido que admitir, a pesar de su dolor y su ira, que amaba a Caleb de una forma tan profunda que era un regalo, algo que sucede solo una vez en la vida. Ese descubrimiento era lo que le había ayudado a luchar por su matrimonio, pero si no lograban solucionar sus problemas, estaba decidida a separarse de él. Y si continuaba dejando que el pasado interfiriera en el presente, seguro que no podrían solucionar nada. Por el bien del bebé, ella tenía que dejar de pensar en la relación de Caleb con Miranda.

–¿Vicki, estás bien? Pareces ida.

Ella comenzó a asentir, pero de su boca salió la palabra «no». Y entonces supo que, aunque tenía una herida de la que nunca podría hablar, era momento de arriesgarse a otra.

–Hoy he pensado mucho en nosotros.

La mirada de él se endureció ligeramente, pero continuó masajeándole el cuello.

–¿Qué es lo que tienes que pensar tanto? Estamos casados y estás embarazada.

–Caleb, escúchame. Anoche te enfadaste por tener que dormir en camas separadas.

–Quiero dormir junto a mi esposa, ¿qué hay de malo en eso?

–Sabes que la cama nunca fue el lugar más feliz para nosotros. Yo no era… suficiente mujer para ti. Nunca logré satisfacerte.

Era como hacerse pedazos el alma y ofrecérsela a él, pero tenía que hacerlo. Por muy humillante que fuera, tenía que admitir que su fracaso en la cama había colaborado a que él acabara en los brazos de otra mujer. Si Vicki quería recuperar a Caleb, tenía que afrontar eso y aceptarlo.

Caleb no sabía qué hacer. Estaba acostumbrado a asumir el mando de las situaciones, pero en aquel momento estaba perdido. Le acarició la mejilla a Vicki mientras negaba con la cabeza.

En los últimos tiempos de su matrimonio, había advertido aquella tristeza en ella. Se había sentido impotente por no poder iluminar su mirada como cuando eran novios. Él había creído que, cuando ella se librara por fin de la sombra de su abuela, su luz refulgiría, pero en lugar de eso se había desvanecido. A él le aterraba haber hecho algo que la hubiera apagado.

–No estés triste, cariño. No existe nada que no podamos solucionar. Pero no podemos arreglar nada si no me dejas compartir tu cama –dijo él, y al ver que ella no respondía, lo intentó por otro lado–. Ahora que enfocamos nuestro matrimonio de forma diferente, todo cambia.

–Tiene que cambiar, ¿no crees? –respondió ella, y lo abrazó por el cuello y apoyó su cabeza en el hombro de él–. Caleb, he echado de menos tenerte junto a mí…

Él la amaba y comprendió el mensaje que lanzaba el cuerpo de ella. Era lo más cerca que ella llegaba a dar el primer paso. Caleb se puso en pie, la tomó en brazos y se dirigió hacia el dormitorio. Ella se agarró a él con más fuerza, y entonces él sintió que la presión de su pecho se aflojaba. Quizás al haber sacado a la luz por fin el secreto dolor de su matrimonio, todo sería diferente. Quizás Vicki respondiera a él de la forma que él siempre había deseado.

Al llegar al dormitorio principal, Caleb dejó a Vicki de pie en el suelo y se quedaron mirándose el uno al otro durante unos segundos eternos, como dos personas hambrientas frente a un banquete. Entonces él alargó la mano hacia ella y ella cerró los ojos y acercó su cuerpo al de él.

Caleb le sujetó el rostro y la besó tiernamente. Ella siempre respondía a sus besos con una intensa pasión. Cuando hacían el amor, él atesoraba los besos que ella le daba porque eran las únicas señales de que ella lo deseaba.

La besó largamente y fue haciéndose esperanzas. Cuando ella se estremeció inquieta, como si no aguantara más de deseo, él le bajó la cremallera del vestido. Le recorrió la espalda con las manos, fascinado por su suave piel, pero se obligó a no recrearse demasiado en ese placer. Una parte de él temía que esa oportunidad se perdiera si no se daba prisa. Después de prometerse que más tarde saborearía aquella espalda, acercó sus manos a los hombros de Vicki y se apartó de ella lo justo para bajarle el vestido sin dejar de besarla.

Volver a sentir el cuerpo desnudo de ella contra el suyo lo dejó sin aliento. Vicki tenía unas curvas deliciosas y sus pequeños senos le permitían abstenerse de llevar sujetador... como aquella noche. A él le encantaba cuando ella hacía eso, le ponía a cien.

Mientras seguía besándola, le bajó las manos por los costados y se detuvo en los pezones. Ella ahogó un gemido, pero fue toda su reacción. No apartó sus manos del cuello de él, no apretó su cuerpo contra el de él... Pero Caleb no se dio por vencido. Ella había dado el primer paso y había recibido de buen grado que él la abrazara, ¿necesitaba él una indicación más clara de su deseo?

Se quitó la camisa y acercó su cuerpo al de ella. Los pechos de ella se apretaron contra su piel en una especie de dulce tortura. El cuerpo de ella no lo estaba rechazando, pero tampoco le demostraba un deseo apasionado. Solo sus besos indicaban su deseo.

Caleb rompió por fin el beso, subió a Vicki en brazos y la colocó sobre la cama. Luego le bajó las bragas con manos temblorosas: dos meses sin ella habían sido demasiado tiempo. Ella era la mujer más hermosa que él había visto nunca, y lo único que deseaba era prodigarse con cada parte de su cuerpo, adorar centímetro tras centímetro de ella. Pero esa forma de amar requería que ella colaborara, que aceptara entrar en un nivel profundo de intimidad.

Durante cinco años, él le había hecho el amor lo

menos posible. Lo necesitaba más que el aire que respiraba, pero no deseaba presionarla a ella con sus exigencias. Los besos de ella siempre eran puro fuego y su cuerpo siempre estaba húmedo y caliente cuando la penetraba, pero, entre medias, ella nunca respondía, por más que él lo intentara. No importaba que él siempre consiguiera que ella alcanzara el orgasmo. A ella nunca le superaba el deseo, como le sucedía a él. Su esposa nunca se desprendía de su coraza de fría elegancia.

Deseando lo imposible, él se quitó los zapatos y se colocó encima de Vicki. La besó y le acarició el cuerpo, hasta llegar a su mano.

Estaba fuertemente cerrada en un puño.

Capítulo Cuatro

Caleb se separó de ella profundamente herido. No seguiría adelante con aquello si ella tan solo iba a *soportar* la experiencia. Antes de su separación al menos ella se agarraba a él como si no quisiera dejarlo marchar, permitiéndole engañarse pensando que ella lo deseaba. Pero él ya no podía con aquello. Algo en su interior se había roto. Después de todo ese tiempo, había llegado a su límite.

Ella se movió y a Caleb le pareció que sollozaba al meterse bajo las sábanas. Fue como una puñalada para él. Se tumbó boca arriba y clavó la vista en el techo intentando aplacar las emociones que amenazaban con apoderarse de él. No estaba seguro de poder soportar tanto dolor. Después de varios minutos, giró la cabeza y miró a Vicki. Ella estaba tumbada de costado, dándole la espalda.

Caleb pensó en la cantidad de veces que ella le había dado la espalda en la cama y su dolor se convirtió en furia. ¿Por qué se había casado con él si no podía soportar que la tocara?

Destrozado, había intentado limitar su sexualidad, no agobiar a Vicki con su deseo. Pero alguna noche, cuando él ya no podía retener más su ansia de ella, la buscaba en la oscuridad. Y ese día ella había roto todos los escudos tras los que él se protegía y lo había tentado con la esperanza de que las cosas iban a ser distintas. ¿Por qué lo había hecho?

Vicki se giró hacia él con una mirada llena de inseguridad.

–Me encanta la forma en que me tocas.

Él soltó una amarga carcajada.

–Seguro. Por eso, cuando practicamos sexo, estás deseando que termine para poder apartarte de mí y fingir que no has permitido que te pusiera las manos encima.

Caleb se había sentido incapaz de compartir su dolor con su esposa y, frustrado, se había concentrado en su trabajo. Eso, unido a su necesidad de tener éxito, de superarse a sí mismo, le habían convertido en alguien imparable. En cinco años, había conseguido más dinero y prestigio con su bufete que muchas personas en toda su vida. Nadie sabía que ese éxito sin precedentes tenía su base en negar la pasión en lo más íntimo de él.

Vicki lo tocó en el hombro y le obligó a mirarla. Sus ojos eran pura angustia.

–¡No, Caleb, eso no es cierto! Me encanta hacer el amor contigo.

–Voy a dar una vuelta en coche –dijo él secamente.

Se puso la camisa y el pantalón y se dirigió hacia la puerta del dormitorio.

–¡Caleb, espera! –gritó ella.

Él hizo como que no había oído. No podía soportar que ella lo viera tan herido que apenas sabía adónde se dirigía.

***

Alrededor de las dos de la madrugada, Vicki dejó de intentar dormir, aunque Caleb había regresado hacía tiempo.

Estaba tumbada boca arriba en la cama, contemplando el techo con los ojos inundados de lágrimas mientras pensaba en el desastre en el que había convertido su vida. Ya no tenía sentido continuar culpando a Caleb por el fracaso de su matrimonio, aunque eso fuera lo más fácil. Si ella se hubiera puesto en su lugar desde el principio y le hubiera dicho a él lo que sentía, él nunca habría creído que ella no lo deseaba.

¿Cómo había podido sobrevivir él de esa manera?

«Porque es muy fuerte», se dijo. Fuerte y acostumbrado a luchar por lo que quería en la vida. Pero no había podido vencer las inhibiciones de ella, ni los años de condicionamientos de la abuela Ada.

Se había acostumbrado a que él asumiera el mando y a que fuera quien se centrara en complacerla, pero ella nunca había intentado complacerlo a él.

A Vicki se le encogió el corazón. Su falta de experiencia no era ninguna excusa. Desde el principio, se había dado cuenta de que Caleb necesitaba algo de ella que ella no sabía cómo darle. En lugar de preguntárselo, ella había escondido la cabeza bajo la arena y había fingido que todo iba bien. Era la táctica que le había ayudado a sobrevivir. Pero sobrevivir ya no era suficiente para ella: quería vivir.

Se levantó de la cama y fue a la cocina. Un segundo después, oyó un chasquido y Caleb entró en la cocina vestido solo con unos boxer negros.

–¿Qué haces levantada? –preguntó adormilado.

–No podía dormir. ¿Quieres leche?

¿Iba a fingir que él no la había dejado desnuda y sola en la cama y que se había ido a dar una vuelta en coche? ¿Iba a seguir viviendo en un mundo de fantasía? ¿O iba a decir por fin lo que tenía que decir?

Qué hermoso era Caleb, y cuánto miedo tenía ella a tocarlo. Vicki tragó saliva y se acercó a él hasta quedar a muy poca distancia.

–Seguro que mañana tienes un día muy ocupado. Deberías dormir.

¿Por qué no podía ella decir lo que se moría por decir?, se reprochó Vicki. Para eso, tenía que enfrentarse a años de enseñanzas de que la pasión y el deseo eran peligrosos y destructivos. Las palabras se agolparon en su garganta pero, por más que lo intentó, el miedo le impidió pronunciarlas.

Le pareció advertir desilusión en los ojos de Caleb. Él se hizo a un lado para dejarla pasar y unos segundos después Vicki le oyó entrar en el dormitorio de invitados y meterse en la cama.

Lágrimas de frustración y enfado inundaron sus ojos. ¿Era tan cobarde que no podía hacer lo posible para salvar su matrimonio? ¿Iba a aceptar esa vida a medias, con su esposo creyendo que ella no soportaba que la tocara? Tomó aire profundamente y se dirigió hacia el dormitorio de invitados.

Caleb había dejado abierta la puerta. Era una buena señal, se dijo Vicki mientras entraba en la habitación.

Él estaba tumbado de costado en la cama, dando la espalda a la puerta. No se movió cuando ella entró, pero ella sabía que él estaba despierto. Por primera vez en toda su vida de casados, Caleb le daba la espalda.

Vicki aplacó su creciente temor, se acercó a la

cama y se sentó. Solo había una forma de llegar a Caleb: ella tenía que dejar de protegerse constantemente. Vicki se tumbó junto a él, apoyó la cabeza en su espalda y una mano en su cintura.

–¿Qué estás haciendo aquí, Vicki? –le preguntó él duramente, rompiendo la frágil confianza en sí misma.

–Te has marchado sin que pudiera explicarme.

–¿Y qué tienes que explicar?

–No sabía que creías que no te deseaba –susurró ella–. Te juro que no lo sabía.

Caleb no la abrazó. Y Vicki ansiaba que la abrazara. Para una mujer como ella, que llevaba toda la vida ocultando sus emociones, no era sencillo sacarlas a la luz de pronto.

–Pues ahora ya lo sabes –dijo él.

El próximo paso le tocaba darlo a ella. Pero el problema era que no sabía cuál era.

–Vas a tener que ayudarme –susurró ella–. No puedo hacer esto sin ti.

Al oír eso, él se giró hacia ella y se apoyó en un codo. Pero no la tomó entre sus brazos.

–Ya nos hemos dicho demasiadas mentiras. Dime la verdad: ¿por qué te casaste conmigo si no soportas que te toque? –preguntó él furioso y las palabras quedaron suspendidas en el aire.

–Me encanta que me toques –respondió ella.

Él hizo ademán de apartarse, pero ella lo agarró del hombro.

–No, Caleb. No te vayas, por favor.

Fue su tono de angustia lo que hizo detenerse a Caleb. Él sabía que ella estaba conteniendo las lágrimas. Y él no podía soportar que ella llorara.

–Cariño, no llores –le imploró él–. Estoy aquí.

–No estoy llorando –replicó ella con voz ronca–. Solo necesito decirte algo. Llevo demasiado tiempo queriendo hacerlo.

Sucumbiendo a su propia necesidad, él la tomó entre sus brazos. Ella se apresuró a amoldarse a él apoyando su espalda en el pecho de él.

–¿Decirme el qué? –preguntó él.

–Mi comportamiento cuando tenemos sexo… no es culpa tuya –comenzó ella y respiró hondo–. Mi abuela…

El cambio de tema llamó la atención de Caleb. A él no le gustaba Ada Wentworth, aunque era quien le había presentado a Vicki y había apoyado que se casaran. Él sabía que Ada había decidido ignorar que él no era de buena familia solo porque era muy rico y tenía muchos contactos. A pesar de que Vicki y él se llevaban diez años de diferencia, él se había enamorado de ella nada más verla.

–Ada me dijo que mi padre dejó a mi madre porque mi madre era una fresca, una mujerzuela que se entregaba a cualquier hombre que se lo pidiera –continuó Vicki acariciándole el brazo que tenía sobre su cintura.

Caleb contuvo una maldición.

–¿Qué edad tenías cuando te lo dijo?

Vicki había sido enviada a vivir con su abuela con cuatro años, al poco tiempo de que sus padres, Danica y Gregory Wentworth, se divorciaran.

–No recuerdo la primera vez. Pero crecí con ella a mi lado repitiéndome una y otra vez que yo era igual que mi madre. Desde que puedo recordar, la abuela me dejó muy claro lo que pensaba de mi madre y lo que pensaría de mí si traspasaba la línea de la «decencia», como decía ella.

Caleb se sintió conmocionado al captar el alcance de las heridas que ella ocultaba en su interior.

–Y ella decía que, a menos que yo fuera una esposa perfecta, tú también me abandonarías –continuó Vicki–. Decía que a los hombres no les gusta que sus esposas sean unas fulanas. Y que, si yo quería conservarte, tenía que asegurarme de actuar siempre como una dama.

Aquello estaba matando a Caleb.

–Cuando yo tenía diez años, mi padre se casó con Claire. Ella es tan perfecta que a veces me pregunto si es real. ¡Es como si tuviera hielo en las venas! Nunca le he visto mostrar ninguna emoción. Mi abuela solía decirme: «Fíjate en Claire y mira luego a tu madre. Los hombres se acuestan con las fulanas, pero se casan con las damas respetables». Y yo la creí.

Caleb deseó estrangular a Ada.

–Yo me casé contigo –dijo, intentando aliviar el dolor de Vicki–. Y nunca te pedí que fueras otra mujer que la que eres.

–Ese es el asunto, Caleb –replicó ella con tristeza–. Estabas orgulloso de haberte casado con la mujer en la que me había convertido mi abuela, con la mujer que yo era cuando nos casamos. Pero esa mujer no era yo en realidad, y como quería que me amaras, intenté con todas mis fuerzas seguir comportándome así. Sabía que no estaba dándote lo que necesitabas, pero no comprendía qué estaba haciendo mal. Seguí intentándolo cada vez con más ahínco, pero cuanto más lo intentaba, más te alejabas de mí. Entonces un día me di cuenta de que, si seguía intentando ser alguien que no era, perdería mi identidad.

Conmocionado por aquella confesión, Caleb la movió suavemente hasta que la hizo tumbarse boca arriba y mirarlo a los ojos.

–No tienes que actuar de ninguna manera para demostrarme nada. Lo único que yo siempre quise fue que bajaras tus defensas y me dejaras acercarme a ti –le aseguró él con voz ronca.

Ella se quedó perpleja ante aquellas palabras. Acercó una mano temblorosa a la mejilla de él y la acarició.

–¿De veras? –le preguntó ella insegura.

–Enseguida me di cuenta de lo que Ada había intentado hacer contigo. Lo que me atrajo de ti fue tu espíritu, tu negativa a dejarte avasallar por ella. Yo estaba tremendamente orgulloso de que fueras mi esposa, orgulloso de ti, no de la muñeca elegante y bien criada que quería tu abuela.

–Y yo estaba orgullosa de que tú fueras mi marido –contestó ella acariciándole el hombro–. Estaba orgullosa de lo que habías conseguido con tu determinación. ¿Sabes que solía alardear delante del resto de las esposas de los casos que ganabas? A veces, entraba en la sala del juzgado y me sentaba al final para verte trabajar y decirme: «Ese hombre es mío».

Caleb sintió que el mundo cambiaba para él en aquel preciso momento. Nadie nunca había estado orgulloso de él. Su familia recurría a él por su dinero, pero ninguno le había felicitado por tener éxito en su trabajo, y mucho menos habían acudido nunca a uno de sus juicios. Y ninguno había estado tan orgulloso de él como para fanfarronear delante de otros.

—Lo siento —se disculpó ella—. Lo siento mucho.

Él sacudió la cabeza.

—Yo tengo tanta culpa como tú. Te presioné, igual que fuerzo todo en la vida.

De pequeño, ser agresivo había sido la única manera de que su padre, Max, reparara en él. Eso le había marcado profundamente, le había convertido en alguien emocionalmente agresivo cuando trataba con gente que le importaba, como Vicki.

—Y yo te lo permití —comentó ella, aceptando una carga que no le correspondía—. Cada vez que quería hablar de ello, me ponía muy nerviosa. Cuando tú me decías que podíamos hablarlo después, yo accedía. Pero ese después nunca llegaba.

—Cariño, yo sabía que querías decirme algo… pero no quería oírlo. Creía que ibas a decirme que no querías tener sexo conmigo. Así que cada vez intentaba hacerte cambiar de opinión.

Era otra cosa que había dado por hecho, advirtió él, y comenzó a ver una conducta que se repetía en su relación con Vicki.

—¿Y qué va a pasar ahora? —preguntó ella.

—Yo quiero ser tu marido, Vicki. ¿Quieres ser mi esposa?

—Sí —respondió ella casi al instante—. Sí.

Por fin, ella había acudido a él.

Capítulo Cinco

Vicki se despertó con el sonido de la ducha de Caleb. Como siempre, fantaseó con la idea de entrar en el cuarto de baño, quitarse la ropa y unirse a él entre el vapor. Daría cualquier cosa por recorrer la piel húmeda y enjabonada de él, por explorar su hermoso cuerpo a su antojo. Pero, como siempre, en lugar de hacerlo, Vicki se levantó de la cama y fue a preparar el café.

–Un día lo haré –se prometió en un murmullo.

El aroma de la colonia de Caleb le advirtió de que él había entrado en la cocina. Deseó agarrarlo por la corbata y plantarle un apasionado beso de buenos días en la boca. Sin pensarlo, Vicki se giró hacia él.

–¿Soy aburrida, Caleb?

Él la miró sorprendido.

–Cariño, puede que seas muchas cosas, pero aburrida no es una de ellas.

–Dime una sola cosa que haya hecho que se salga de lo normal –le pidió ella–. Algo que nunca esperaras que yo hiciera.

–Me pediste el divorcio –respondió él metiendo un par de rebanadas de pan en el tostador–. Y me instalaste en la habitación de invitados. Esas dos cosas me sorprendieron, y no en el mejor sentido.

–Caleb, ¿vamos a ignorar lo que sucedió anoche?

Ella no podía seguir fingiendo más. Era como si,

una vez abierta la herida, necesitara comprobar si seguía doliéndole y hasta dónde llegaba su dolor, o ver si algo se había curado.

Él se acercó a ella, tan alto, fuerte y masculino, sujetó el rostro de ella entre sus manos y la besó en la boca. Ella se fundió con él y tuvo que agarrarse a su cintura para no desmayarse. Normalmente, Caleb le dejaba a ella controlar sus besos, pero en aquel momento estaba logrando que no fuera capaz de pensar.

Cuando se separaron para tomar aire, los ojos de Caleb reflejaban miles de emociones.

–¿Tú qué crees?

Vicki, incapaz de articular palabra, señaló la tostadora.

–Tus tostadas están listas –logró decir al fin.

Él sonrió.

–Una de ellas es para ti –anunció él, untó de mantequilla el pan y se lo ofreció–. Ahora tienes que comer por dos, señora Callaghan.

Cuando Caleb se marchó, Vicki se puso a ojear folletos de universidades. Con la separación, se había quedado abrumada al darse cuenta de que, sin Caleb, ella era una mujer que no hacía nada útil en la vida, nada que la hiciera sentirse orgullosa de sí misma. Al no tener que organizar cenas de trabajo de su marido, ni llevar su ropa a la tintorería, ni limpiar el desorden que él dejaba tras de sí, había descubierto que parte de su ira hacia Caleb provenía de que no estaba a gusto con su propia existencia.

Su marido era una figura representativa en el mundo legal, respetado tanto por sus colegas como por sus competidores. Pero, ¿qué era ella? Una mujer de veinticuatro años educada para saber comportarse en sociedad, y nada más.

Caleb y el bebé eran su vida, su todo. ¿Era eso sano? Si seguía así, un día se levantaría de la cama y descubriría que su hijo o hija había crecido y que Caleb solo vivía para su trabajo, que ella estaba sola.

¿Y si, a pesar de todo, su matrimonio fracasaba? Ella sabía que Caleb les mantendría económicamente tanto a ella como al bebé. Pero quería ser capaz de mantenerse por sí misma. Pero ¿a qué podía dedicarse ella, para qué estaba cualificada? Para nada.

Más frustrada de lo que estaba cuando había empezado a mirar universidades, Vicki dejó a un lado los catálogos y se pasó el resto del día limpiando el jardín.

A media tarde sonó el teléfono. Era su madre.

−¿Te ha llegado mi postal? Llegaré a Auckland en las próximas dos semanas. ¿Querrás que nos tomemos un café juntas? –le preguntó Danica.

Vicki dijo que sí, aunque sabía que era más que probable que su madre se olvidara de la cita. Ella ya se había acostumbrado a aquellas visitas tan irregulares e incoherentes. O al menos eso era lo que se decía a sí misma.

−Telefonéame cuando estés por aquí –le respondió, y después de colgar necesitó diez minutos para recuperar la calma.

¿Cómo era posible que su madre la desestabilizara tanto? Vicki se obligó a sobreponerse y comenzó a reorganizar las piedras que delimitaban el jardín.

Tenía en las manos una piedra para cambiarla de lugar por milésima vez cuando Caleb apareció junto a ella. Le quitó la piedra de las manos antes siquiera de saludarla.

–¿Dónde la pongo? –le preguntó él muy serio.

Ella señaló el lugar.

–¿Por qué estás así? Ni que hubieras visto un fantasma…

Él dejó la piedra en el suelo y se irguió.

–He visto a mi mujer embarazada arriesgándose a hacerse daño por mover unas piedras que no hay por qué mover –contestó él con el ceño fruncido.

–Estoy bien –le aseguró ella y sonrió–. ¡Has llegado a tiempo para la cena!

–Esperaba que lo apreciaras –comentó él quitándole un poco de tierra de la nariz–. ¿Has estado rebozándote en el barro?

Ella rio, se quitó los guantes y le empujó.

–Ve a cambiarte y luego ven a ayudarme a la cocina.

Por un instante, su camaradería fue como cuando estaban recién casados, felices por el simple hecho de estar juntos.

Vicki vio que la sonrisa de Caleb se desvanecía.

–¿Qué es lo que ves? –le preguntó él.

–A nosotros, antes de perdernos mutuamente.

Las palabras le salieron a Vicki de lo más hondo de su alma.

–Aún no estamos perdidos. Todavía nos queda mucho camino juntos –le aseguró él apretando la mandíbula–. Tienes algo en el pelo.

Le quitó un par de ramitas del cabello.

–Necesito darme una ducha –susurró ella con voz ronca.

Por un momento, él creyó oír lo que ella estaba intentando decirle, creyó oír a la mujer que deseaba salir de su escondite, pero el momento se desvaneció.

–Dejaré que te laves y nos veremos en la cocina.

Ella intentó disimular su frustración.

–De acuerdo.

Estaban a punto de sentarse a cenar cuando sonó el teléfono. Caleb respondió mientras ella terminaba de llevar la comida a la mesa.

–Sí, escucho.

El tono de voz de él llamó la atención de Vicki. Caleb sonaba tenso, controlando sus emociones, sin rastro de su buen humor y su sensualidad. Muy pocas personas le provocaban esa reacción.

–¿Es alguien de tu familia? ¿Es Lara? –susurró ella.

Él asintió bruscamente.

–¿Cuánto quieres? –preguntó por teléfono.

Vicki entrecerró los ojos, estaba muy claro por qué llamaba Lara. Era la única razón por la que la familia de Caleb lo requería siempre. Ella conocía a sus padres y a su hermana, Caleb nunca le había ocultado sus raíces. Antes de que se casaran, él la había llevado al suburbio donde había crecido y le había presentado a su familia y sus amigos.

Ella sabía que Max, el padre de Caleb, era escultor y que su madre, Carmen, era poetisa. Desgraciadamente, ninguno de los dos habían logrado vivir de sus obras. A Vicki siempre le había parecido que Max y

Carmen se excusaban al decir que llevaban una vida sacrificada por su arte. Lo que habían sacrificado era el bienestar de sus hijos. Caleb no hablaba casi nunca de su niñez, pero por lo que comentaba alguna vez, debían de haber pasado bastante hambre.

La hermana de Caleb, Lara, no había abandonado el hogar paterno. Intentaba ganarse la vida como cantante en tugurios y tenía dos hijos de dos hombres diferentes, pero estaba convencida como sus padres de que la pobreza y el sufrimiento eran el único camino para ser creativo.

Caleb colgó el teléfono y se reunió con Vicki.

–¿Qué quería? –le preguntó ella.

Él suspiró y respondió con la mirada perdida.

–Lo que quiere siempre, dinero. Desde que «me vendí al sistema capitalista», lo menos que puedo hacer es ayudarla de vez en cuando –contestó él.

Vicki solía mantenerse al margen diciéndose que no era asunto suyo, que ella no tenía derecho a entrometerse en la vida familiar de Caleb. Pero en aquel momento, al ver el dolor de su marido, decidió que sí que era asunto suyo. Se giró hacia él y le acarició el pecho hasta que él la miró.

–¿Por qué les permites que te traten de esta manera?

El instinto le decía que había algo que él no había querido contarle.

–Son mi familia –respondió encogiéndose de hombros.

–No –replicó ella–. Te abandonaron cuando te atreviste a ser diferente.

Sus padres le habían echado de casa a los dieciséis

años y desde entonces se había ganado la vida trabajando en múltiples empleos mientras seguía estudiando.

–Ellos nunca han estado a tu lado –añadió Vicki.

–Son lo único que tengo –dijo Caleb con expresión sombría.

Vicki negó con la cabeza, furiosa con esa gente por causarle tanto dolor a su marido.

–Nosotros somos tu familia, Caleb, el bebé y yo.

–Pero tú quieres divorciarte de mí –replicó él.

Antes de que él pudiera disimularlo, Vicki vio su angustia, un dolor que no tenía nada que ver con Lara ni con sus padres, sino con ella, y sintió que se le encogía el corazón. Él nunca había dado señales de su dolor porque ella le pidiera que se marchara. Por otro lado, ella tampoco le había confesado lo que había sufrido porque él se acostara con Miranda. Los dos eran demasiado buenos en guardar sus emociones en secreto.

Pero eso pertenecía al pasado, se dijo ella con una repentina determinación. Lo importante era el futuro, un futuro construido a base de confianza. Había llegado el momento de actuar.

–No, no quiero divorciarme. Quiero seguir casada contigo. Tú eres mi marido, mi familia. Yo tampoco tengo a nadie más.

Él la abrazó con fuerza, diciendo con su cuerpo lo que no era capaz de decir con palabras. Vicki se dio cuenta de que él se comunicaba así a menudo, pero ella no había sabido escucharlo. Pero de ahí en adelante estaría pendiente de cada movimiento y cada susurro.

–Lo que me preocupa son mis sobrinos. Lara puede cuidar de sí misma, pero ¿y ellos?

Vicki había pensado mucho en eso.

–¿Y si les creas un fondo fiduciario? Así podrían tener una educación y tu familia no podría tratarte como un cheque en blanco nunca más.

Lo que a ella le enfurecía no era que le pidieran dinero en sí, sino que se comportaran como si Caleb tuviera la obligación de mantenerlos, mientras ellos eran unos ingratos con él. Ella nunca había logrado comprender cómo Caleb, tan poderoso y duro para otras cosas, permitía que le pisotearan de aquella manera. Hacerse cargo de los hijos de Lara no suponía ni la punta del iceberg de los problemas que él tenía con su familia, pero al menos era un comienzo.

Caleb se quedó callado unos instantes.

–No permitas que ellos te hagan sentir mal porque tú tenías sueños más altos de lo que ellos pudieron imaginar nunca. Estate orgulloso de ello.

Él apoyó su barbilla sobre la cabeza de ella.

–Ellos siempre formarán parte de mi vida.

–Y yo no pretendo que reniegues de ellos. Los dos tenemos que relacionarnos con gente con la que preferiríamos no hacerlo. Pero tienen que aprender a tratarte con el respeto que te mereces. La próxima vez que te llamen, yo contestaré. Es la última vez que alguno de ellos te hace daño.

Caleb se quedó anonadado ante la fría ira que percibió en la voz de ella. Vicki siempre había sido dulce, siempre evitaba los enfrentamientos… Pero, más allá de su sorpresa, Caleb experimentó esperanza. Ella tenía razón: él tenía a su auténtica familia en sus brazos en aquel momento. Quizás su matrimonio no atravesaba su mejor momento, pero se habían prometido sacarlo adelante. La determinación en las afirmaciones de Vicki le devolvió la sensación de estabilidad que había perdido cuando ella le había pedido el divorcio.

–Quiero preguntarte algo. ¿Qué te dijo tu abuela cuando me invitó a esa cena donde nos presentó?

Vicki soltó una carcajada y lo miró a los ojos.

–Ada dijo que había encontrado al hombre perfecto para mí, alguien que me mantendría a raya, porque yo necesitaba un hombre duro para no convertirme en alguien como mi madre. Y también alguien que se asegurara de que yo recibía el cuidado que me merecía.

Él hizo una mueca de desagrado. Así no se conseguía que una mujer confiara en un hombre.

–¿Te obligó a...?

–Me enamoré de ti a los diez segundos de que hablaras conmigo. Mi abuela vio a un hombre con fuerza para machacar a los demás. Yo vi a alguien que usaría su fuerza para protegerlos –respondió ella y sonrió–. Tenías tanta energía, tanto corazón, que me hiciste sentirme viva de verdad por primera vez en mi vida.

Caleb no encontró el valor para preguntarle lo que más le inquietaba, qué sentía ella hacia él en ese momento, y prefirió bromear.

–Me alegro, porque desde el momento en que yo te vi, supe que eras lo que buscaba.

–Bien –dijo ella riendo, y lo abrazó fuerte–. Vamos a comer, nuestro bebé quiere su ración.

–¿Cómo es lo de tener a alguien dentro? –preguntó él curioso.

–Creo que ya la siento moverse, pero según los libros sobre el embarazo, aún es pronto para eso.

–¿La sientes? ¿Es una niña?

–He empezado a tratar al bebé como si fuera niña, no sé por qué. ¿Tú qué prefieres?

–Me da igual –contestó él sinceramente–. Solo quiero que esté sano.

–Y yo –dijo ella, y se puso seria–. Me abruma pensar que el bebé va a depender de mí para todo.

–De nosotros –apuntó él, ayudándola a sentarse–. Y dime, ¿qué tal el día? –preguntó.

Vicki se quedó pensativa.

–Mi madre ha telefoneado y ha confirmado que va a venir por aquí –dijo ella con crispación.

–¿Qué más ha dicho?

Vicki se encogió de hombros e hizo una mueca.

–Poco más, ya la conoces. ¿Quieres más ensalada?

Él le dejó cambiar de tema porque sabía que no le gustaba hablar de su madre. Danica se ponía en contacto con Vicki una o dos veces al año y la dejaba desolada. Él había intentado que hablaran de ello, pero Vicki siempre fingía que no existía ningún problema. Tenía una armadura tan gruesa respecto a ese tema que él nunca había conseguido atravesarla.

¿A qué temía tanto enfrentarse Vicki? ¿Y qué daño le estaba haciendo eso?

Aquella noche, al prepararse para irse a dormir, Vicki se sintió como una virgen, nerviosa y perdida, sin saber qué tenía que hacer. Se metió entre las sábanas y apagó todas las luces excepto la de la mesilla de Caleb. Al instante siguiente, Caleb entró en el dormitorio y se tumbó junto a Vicki. Luego apagó la luz y la abrazó.

Ella se dejó invadir por el calor del cuerpo de él como una caricia. Caleb llevaba puestos únicamente unos boxer y su brazo le rozaba la tripa a ella, donde el pijama se le había levantado.

–Caleb… estoy asustada.

Aquella confesión hizo que a Caleb se le acelerara el pulso. Él también estaba aterrorizado. Aún le costaba aceptar que ella lo deseaba, cuando durante años su cuerpo había dicho lo contrario.

–No tienes por qué asustarte. Solo deja que tu cuerpo hable por ti.

–Te deseo tanto, Caleb… Por favor, no te rindas conmigo –le dijo ella girándose hacia él.

–No tengo ninguna intención de rendirme –le aseguró él, recorriendo con su mano desde la cadera hasta el cabello de ella y besándola en la boca.

Apasionado y exquisito, el beso que ella le devolvió expresaba su deseo, pero el resto de su cuerpo estaba inmóvil. La reacción inicial de Caleb fue separarse de ella.

–Esto no funciona –dijo ella rompiendo el beso–. Estás tan tenso que yo me pongo aún más tensa.

Caleb maldijo y se tumbó boca arriba. Los dos se quedaron mirando al techo. ¿Qué podían hacer?

–A lo mejor deberíamos hablar antes de precipitarnos a… Nunca hablamos, Caleb –dijo ella.

Habló insegura, pero con una fuerza en el fondo que le indicó a él que quizás estaba preparada para escuchar lo que él necesitaba de ella. No solo en lo físico, sino también respecto a su alma.

–¿Por qué no me tocas cuando hacemos el amor? –le preguntó él–. Puedo comprender que Ada te llenara de inseguridades, pero yo nunca te impedí que me acariciaras. De hecho, te lo he pedido repetidas veces.

Ella respiró hondo.

–Me aterrorizaba hacer algo mal y perderte, no sabes cuánto. Eras tan importante para mí… y la única guía que tenía era lo que mi abuela me había enseñado y lo que yo había visto entre mi padre y Claire: habitaciones separadas y vidas separadas –confesó ella llena de emoción.

Caleb tuvo que recurrir a su fuerza de voluntad para no tomarla en sus brazos y aliviar su dolor.

–Yo era demasiado tímida para hablar del tema con mis amigas… Veía programas de televisión sobre sexo y leía revistas, pero la abuela me había hecho creer que yo era… defectuosa por naturaleza. Tenía que ser siempre perfecta, porque el más mínimo error resultaría en que me rechazarías y yo terminaría como mi madre, siendo la amante de un hombre casado. Era la amenaza perfecta. Yo quería un marido, una familia.

Caleb deseó poder dar marcha atrás en el tiempo y hacer desaparecer el dolor de Vicki a base de besos, pero solo podía escucharla.

Ella colocó una mano sobre el hombro de él, insegura, tanteando el terreno.

–Así que yo hice lo que ella me decía. Pero no me explicó hasta dónde podía llegar con mi marido, así que fui enfriándome. Y, después de un tiempo, tú dejaste de enseñarme.

Ella tenía razón. Él había esperado, arrogantemente, que ella seguiría lo que él marcara, y nunca le había preguntado qué quería ella.

–Dime qué te lo haría más fácil –le propuso él colocándose sobre ella–. Por favor, no dejes de hablarme ahora.

–Es difícil de decir –susurró ella–. Lo único que necesito es que seas paciente conmigo.

Él le recorrió el cuello con un dedo, delicadamente, ansiando poseerla.

–¿De verdad me deseas, Vicki?

Él necesitaba oír su respuesta, aunque una negativa le destrozara el corazón. Se movió suavemente para que ella sintiera su erección. Él la deseaba, siempre la había deseado. Ninguna otra mujer le provocaba esa reacción tan intensa.

Ella ahogó un grito. Por un segundo, él creyó que iba a apartarlo de sí y el corazón se le aceleró de preocupación. Pero entonces ella lo rodeó con los brazos y lo atrajo hacia sí.

–¿Cómo es posible que siempre me pongas así? Hemos estado juntos cinco años.

–¿Cómo te pongo? –preguntó él, fascinado por la forma en que el cuerpo de ella estaba fundiéndose con el suyo.

Se produjo otro silencio, pero esa vez no era denso, sino lleno de la pasión de su deseo mutuo.

–Me pones muy caliente, me muero de deseo por ti.

Capítulo Seis

Caleb, incapaz de articular palabra, expresó lo que sentía a través del tacto. Posó su mano sobre el vientre de ella. Pronto, ese vientre plano se redondearía y él sería testigo de los cambios día tras día, sin temer que su abrazo no fuera bien recibido.

–Es como si fuera la primera vez –susurró Vicki.

–Para los dos –dijo él tumbándose junto a ella.

Sus bocas se encontraron y Caleb se sintió de nuevo en casa. Entonces las manos de ella comenzaron a recorrerle el pecho. Después de tantos años de insatisfacción sexual, el placer era tal que a Caleb le resultaba casi insoportable. Cuando ella empezó a hacer círculos alrededor de sus pezones con los dedos, él comenzó a jadear, inundando el silencio con su ansia.

Ella rompió el beso y se detuvo.

–No te detengas, Vicki. He esperado tus caricias durante años.

–¿Me avisarás si hago algo que no debo? –le pidió ella.

–Te juro que nada de lo que hagas en esta cama me bajará la libido.

Ella se estremeció y volvió a acariciarle con las manos, aprendiendo poco a poco.

–Quise pedírtelo muchas veces, pero entonces recordaba que las damas no deben hablar de sexo, que eso te alejaría de mí… ¿Cómo he podido ser tan estúpida?

–No tiene importancia –respondió él y la besó–. Estabas preocupada porque eras inexperta y yo no soy el hombre más fácil para hablar. Olvídate del pasado. De ahora en adelante, estamos solo tú y yo en esta cama, sin mentiras, sin lamentos.

–Sin lamentos –dijo ella recorriéndole el cuerpo con las manos.

Caleb reunió la fuerza para que ella lo explorara según lo necesitara. Ella le acarició suavemente la espalda y regresó a su pecho. Él deseó que le acariciara su lugar más íntimo, algo que nunca le había pedido, pero sabía que debía esperar a que ella tomara esa decisión por sí misma.

La mano de ella se acercó a su ombligo.

–Baja un poco más –murmuró él, incapaz de contenerse–. Lo siento.

Ella lo besó en la mandíbula.

–No, quiero que me lo digas. Necesito que me ayudes –dijo ella, y deslizó uno de sus dedos por dentro de la cintura de los boxer.

Caleb gimió.

–Más abajo, cariño –masculló con voz ronca.

Ella metió una mano dentro de sus boxer y rodeó su erección. Caleb se estremeció, hundió su rostro en el cuello de ella e intentó calmarse mientras Vicki comenzaba a acariciarlo lenta y fuertemente. Abrumado por el abrasador fuego que estaba apoderándose de él, Caleb hizo algo que no le había sucedido en los cinco años de matrimonio: perdió el control.

El orgasmo le llegó por sorpresa, arrollador, como un golpe que lo dejó fuera de combate sobre ella, vacío, con el corazón desbocado.

–Lo siento –murmuró cuando fue capaz de hablar.

Para su asombro, ella lo besó en el cuello.

–¿De verdad me deseas tanto?

–Siempre te he deseado.

La única razón por la que nunca se había entregado a ella hasta ese punto era porque sabía que su deseo no era correspondido. Caleb tenía sexo con ella, pero una parte de él siempre se mantenía a distancia, protegiéndose del dolor que sabía que llegaba después.

–Quiero darte placer de nuevo –susurró ella, acariciándole el cuello con la nariz–. Quiero sentir que me deseas. Necesito saber que te gusta cuando… cuando me dejo ir. Me cuesta convencerme de que es correcto comportarme así contigo.

Él inspiró hondo al darse cuenta de que Vicki seguía sujetándolo íntimamente.

–Cariño, créeme, me encantaría complacerte, pero tengo treinta y cuatro años. Ya no me recupero tan rápido como antes.

Ella comenzó a mover su mano de nuevo mientras lo besaba en la mandíbula.

–Por favor, Caleb…

Él había aleccionado a su cuerpo para que se quedara satisfecho con una mínima parte de lo que en realidad deseaba. Estaba a punto de repetirle que necesitaba tiempo cuando sintió que su cuerpo resucitaba. Ella comenzó a besarlo en el cuello.

–Quiero ser yo quien te dé… –comenzó él.

–Ya me has dado placer suficiente para dos vidas –lo interrumpió ella llena de sensualidad–. Te debo mucho, Caleb, amor mío. Déjame hacerlo, por favor.

Él no desperdició la oportunidad.

***

Cuando Caleb se despertó a la mañana siguiente, Vicki no estaba a su lado en la cama, pero la oyó cantar en la cocina. Él sonrió y se levantó. Se sentía como un adolescente. La noche anterior no habían llegado al coito, pero había estado bien. Ya llegaría el momento. La paciencia no era su mayor virtud, pero en esa ocasión sería el más paciente del mundo.

Caleb seguía sonriendo cuando se metió en la ducha y cuando, quince minutos más tarde, entró en la cocina, impecable con su traje.

Vicki estaba cocinando tortitas. Caleb la abrazó por la espalda y la besó en el cuello.

–Buenos días.

Ella contestó a su saludo ruborizada y luego terminó de cocinar las tortitas y las llevó a la mesa.

Él sabía que una parte de ella estaría preocupada por lo que habían hecho la noche anterior, preguntándose si ella había hecho lo correcto o no.

–Estoy deseando ser paciente esta noche –comentó él con una sonrisa.

–¡Caleb Callaghan! –exclamó ella, y se volvió hacia él entre sus brazos–. No bromees conmigo sobre esto.

Él no pudo contenerse más y la besó en la boca. Ella le rodeó la cintura con los brazos, con timidez, pero al menos lo hizo. Y su boca era pura tentación. Caleb la besó con toda la pasión de que era capaz.

Cuando se separaron, Vicki tenía los labios hinchados y lo miraba con los ojos muy abiertos. Caleb la contempló arrobado. Ella era su esposa, la única mujer que había deseado que lo fuera. Si lograban superar aquella crisis, serían capaces de superar cualquier cosa.

–Estaremos bien –le aseguró él.

–Caleb, este no es el único problema que teníamos. Quizás incluso sea el menor de ellos. Yo siempre te he deseado, simplemente no sabía cómo demostrártelo.

Al escuchar aquello, Caleb se quedó anonadado. Parecía que ella le había leído el pensamiento.

–Pero si podemos hablar de esto, podemos hablar de cualquier cosa.

–¿Tú crees? –preguntó ella, con expresión sombría–. No eres lo que se dice una persona abierta. Después de todo este tiempo, creo que apenas te conozco. Tengo la sensación de que solo deseas compartir las partes fáciles de ti, las agradables. El resto las guardas bien encerradas.

Él apoyó su frente sobre la de ella, abrumado por lo bien que ella lo comprendía.

–Yo voy a luchar por ti, Vicki. Así que lucha tú por mí.

Era una invitación con unas implicaciones aterradoras. ¿Qué sucedería si ella descubría la vergüenza que él llevaba toda su vida intentando eliminar?

A Caleb no le duró mucho el buen humor. Una hora después de que llegara a la oficina, el infierno se desató a causa de uno de sus clientes.

La familia Donner quería vender su empresa de astilleros a la corporación Bentley. El trato estaba casi cerrado, las negociaciones económicas terminadas, el papeleo legal preparado. El contrato iba a firmarse ese día. Pero el patriarca del clan, Abe Donner, que había fundado ese imperio, se negaba a deshacerse de él, en contra del resto de la familia. Como él poseía la mitad de la empresa, sin él no podía realizarse la venta y la empresa iría a la quiebra.

Caleb estuvo todo el día haciendo de intermediario entre ambos bandos mientras trataba de que Bentley no se retirara del acuerdo. Por fin, a la una de la madrugada, Abe cedió y firmó el acuerdo previsto. Caleb sabía que era la única opción viable dadas las circunstancias, pero lo sentía por el anciano. A él no le gustaría que nadie quisiera quitarle el bufete.

Agotado y hambriento, puesto que no había comido ni cenado, y con la mente en todo el trabajo que tendría que recuperar al día siguiente, aparcó el coche delante de su casa. Estaba llegando a la puerta cuando esta se abrió y apareció Vicki. Llevaba puesto uno de los usados jerseys de rugby de él y estaba para comérsela, pero a él no le alegró verla allí.

–¿Qué haces despierta?

Vicki advirtió su expresión de agotamiento y se dijo que debía tener paciencia.

–Estaba esperándote.

Cerró la puerta tras él y se dirigió hacia el dormitorio, muy consciente de que él la seguía.

–Estás embarazada, necesitas dormir –le reprendió él.

Ella se metió en la cama y dejó que él se quitara los zapatos, el cinturón, la chaqueta y la corbata, antes de volver a hablarle. En el pasado, ella siempre le había dejado a su aire cuando él llegaba a casa en aquellas condiciones.

–Estás haciéndolo de nuevo –le reprochó–. Lo mismo que originó nuestros problemas.

Él comenzó a desabrocharse la camisa.

–Por Dios, Vicki. Lo único que quiero es dormir un poco, ¿y tú tienes ganas de pelea?

Ella apretó los puños.

–Estoy intentando asegurarme de que no cometemos los mismos errores una segunda vez. ¡No me trates como si no mereciera la pena escucharme!

–¿Cómo dices? –preguntó él girándose molesto–. ¿Me quedo una noche trabajando y tú me sometes al tercer grado? Siento no haber telefoneado, pero las cosas se han complicado.

Él ni siquiera se acordaba de ella cuando estaba en el trabajo. Era una verdad dolorosa que ella siempre había querido ignorar. La única pasión de Caleb era su bufete y ella no podía seguir soportándolo.

–¡Escúchate cómo hablas! –le espetó, incorporándose en la cama–. No creo que un hombre que desaparece durante semanas esté cualificado como marido.

Él maldijo en voz baja, se quitó la camisa y la lanzó a un lado.

–¿Qué quieres que haga, que deje mi trabajo?

–¡No, solo quiero que pienses!

Vicki respiró hondo intentando tranquilizarse. El aroma del perfume de él encendió su deseo recordándole los placeres de la noche anterior, pero no podía dejarse distraer de aquella conversación, era un tema demasiado importante.

–Si te comportas así ahora, ¿cómo vas a sacar tiempo para ser padre? ¿O yo tendré que hacer a la vez de madre y de padre?

–Tú dispones de tiempo –contraatacó él–. ¿O te impediría eso reunirte con tus amigas?

Ella ahogó un grito de indignación y le lanzó una almohada.

–¡Sal de aquí!

–¡Ni lo sueñes! Este es mi dormitorio.

–¡Muy bien! Entonces me iré yo –dijo ella dirigiéndose a grandes zancadas hacia la puerta.

Salió del dormitorio principal y se encaminó al de invitados. Sabía que él la seguía, y de pronto la sujetó por la cintura y la hizo girarse hacia él.

–No te pongas dramática –dijo Caleb con tanta arrogancia que ella estuvo a punto de gritar–. Vayamos a dormir. Ya hablaremos de esto más tarde.

¿Cuántas veces habían hecho eso mismo en su matrimonio? Frustrada por la falta de interés de él en ver las cosas desde el punto de vista de ella, Vicki se soltó de él.

–Quiero estar sola –dijo, y fue al dormitorio de invitados y se tumbó boca abajo en la cama.

Él la siguió y se tumbó junto a ella. Vicki lo oyó suspirar.

–Siento el comentario de las reuniones con tus amigas.

Ella se encogió de hombros. Sabía que le había molestado tanto porque él tenía razón. Por eso ella había empezado a plantearse estudiar algo. No le gustaba sentirse una inútil.

–No quiero ser ese tipo de mujer –confesó ella bruscamente–. Pero es verdad, ¿no? Yo no estoy cualificada para nada.

–Vicki, no seas tonta, no es para tanto…

Aquello fue la chispa que desató su ira.

–¿Crees que mi deseo de trabajar fuera de casa es una estupidez?

–Yo no he dicho eso.

–Pues sonaba exactamente a eso. La pobrecita Vicki, la muy estúpida. Quizás si tú me hubieras apoyado en lo que yo necesitaba en lugar de querer convertirme en lo que tú deseabas, no te habría pedido la separación.

–Ahora resulta que todo es culpa mía.

–Pues sí –respondió ella sabiendo que estaba siendo irracional.

Él no retiró su abrazo, pero Vicki podía sentir que estaba furioso.

–Mira, estoy demasiado cansado para seguir con esto ahora.

–De acuerdo.

Él se durmió a los pocos minutos, pero ella se quedó despierta durante horas, a causa de los celos y la frustración. La verdad fue como un fogonazo directo a los ojos: quizás su esposo se había acostado con Miranda, quizás aún siguiera haciéndolo, pero su auténtica amante era su empresa. ¿Y cómo podía ella luchar contra eso?

Capítulo Siete

A la mañana siguiente, Vicki no se sentía especialmente servicial, pero no le había parecido bien prepararse su desayuno e ignorar a su marido, a pesar de la tensión que había entre ellos.

Caleb desayunó rápidamente y estaba a punto de salir por la puerta cuando se detuvo.

–Será mejor que hoy llegue pronto al trabajo. Tengo muchas cosas pendientes de ayer.

A Vicki no le hacía ilusión que él le recordara que su bufete tenía más poder sobre él que ninguna mujer, pero se obligó a desearle un buen día y lo acompañó a la puerta. Le estaba costando mucho actuar como si todo estuviera bien, como si no estuviera herida.

Él se detuvo con la mano en el picaporte.

–No se me olvida lo que me dijiste anoche. Llegaré a casa para cenar, pero es probable que tenga que regresar a la oficina después –dijo él, y la miró a los ojos–. No puedo cambiar los hábitos de toda una vida de un día para otro.

–Plantéatelo como unas prácticas para estar en casa a la hora del baño y de la cena del bebé.

Si él estaba dispuesto a intentarlo, ella también se esforzaría.

La tensión del rostro de él se desvaneció al percibir la aceptación de ella.

–¿Quieres que cenemos fuera?

–Preferiría pasar un tiempo a solas contigo tranquilamente. ¿Y tú?

–Cenaremos en casa entonces.

–Te estaré esperando.

Cuando él se marchó, Vicki limpió rápidamente la casa, preocupada por el asunto que tanto le había enfurecido la noche anterior. Seguía sin ocurrírsele qué podía hacer para mejorar su vida. Le deprimía pensar en lo poco cualificada que estaba para ser otra cosa que una dama de sociedad.

Sabía cómo comportarse con cualquier tipo de gente, cómo ser la anfitriona perfecta, cómo hacer reír a los invitados y que se sintieran bien consigo mismos, cómo establecer contactos que le fueran útiles a Caleb y cómo asegurarse de que la gente adecuada se conocía en cenas o fiestas. Incluso sabía cómo tranquilizar a un invitado enfadado sin montar un numerito. ¿En qué trabajo se necesitaban esas cualidades?

El sonido del teléfono a media mañana interrumpió su lamento. Era Caleb.

–Te he concertado una reunión con alguien. Llegará a casa sobre las once. Se llama Helen Smith –dijo apresuradamente.

Caleb colgó sin más despedidas. Vicki esperó hasta las once sorprendida e intrigada.

Cuando llegó la hora y abrió la puerta, Vicki se encontró con una mujer de unos treinta y cinco años, vestida con vaqueros y un suéter azul marino, y con el pelo recogido en una cola de caballo.

–¿La señora Smith? –preguntó Vicki tendiéndole la mano.

–Llámame Helen –respondió la mujer estrechándosela–. Y tú debes de ser Victoria.

Una vez en el salón, Vicki le ofreció café y galletas.

–Mi marido no me ha comentado mucho del motivo de tu visita…

–Parecía bastante ocupado cuando me ha telefoneado. Deja que te explique: conocí a Caleb hará un año, cuando le pedí al bufete que representara a uno de mis clientes en un complicado caso, pero sin cobrar, porque mi cliente no tenía dinero. Formo parte de varias organizaciones benéficas –explicó Helen.

Vicki sintió que se encogía el corazón. ¿Era eso lo que Caleb creía que debía hacer ella, formar parte de la junta de una organización benéfica y repartir el dinero que él ganaba?

–Tenemos un puesto de trabajo vacante. El sueldo no es gran cosa, pero al menos es un empleo.

Vicki miró con interés a la mujer.

–Estamos buscando a alguien que recaude fondos para los proyectos que gestionan desde una organización llamada Heart. Queremos a alguien cuya única tarea sea conseguir dinero para nosotros.

Vicki casi se olvidó de respirar mientras hacía recuento de sus cualidades. ¡Era justo el trabajo que se adaptaba a ella! Estaba empezando a ilusionarse cuando advirtió la expresión de la mujer.

–¿Qué sucede?

–Voy a ser sincera. Estoy aquí como un favor por la ayuda que nos prestó el bufete de tu marido. Este trabajo es flexible, pero requiere jornada completa –dijo la mujer y, tras pensárselo, optó por ser directa–. No es un trabajo creado para llenar las horas del día de una esposa que se aburre. Necesitamos que la persona que ocupe el puesto genere fórmulas constantes para recaudar fondos, que tenga ideas nuevas mes tras mes.

Vicki se dio cuenta de que Caleb realmente la estaba apoyando esa vez. Aquel empleo era serio, no tenía nada que ver con figurar como beneficiaria de una ONG. Vicki quería el puesto con toda su alma, pero Helen tenía razón: ella no tenía ninguna experiencia al respecto. ¿Podría hacerlo? Entonces recordó por qué estaba allí esa mujer: porque Caleb creía que ella era capaz de desempeñar ese puesto. Y eso significaba mucho para ella. Sabía que no tenía obligación de revelar su embarazo, pero quería que todo quedara muy claro.

–Comprendo tu preocupación –le dijo Vicki–. Y quiero que sepas que estoy embarazada.

–Eso daría lo mismo si sirves para el puesto. Como te he dicho, es un trabajo flexible. Además, no tenemos más espacio en la oficina, así que tendrías que trabajar desde casa.

–Quiero hacerlo –dijo Vicki con ímpetu–. Sé que no tengo experiencia en el puesto y que debo parecerte una esposa aburrida de la vida, pero quiero superarme. Dame la oportunidad.

Helen la miró sorprendida.

–¿Hablas en serio? –preguntó, y observó a Vicki durante unos momentos–. Sí, veo que sí.

–¿Podrías concederme un periodo de prueba? Un mes, por ejemplo. Si no logro cumplir las expectativas, me marcharé y ni siquiera tendréis que pagarme.

–Haremos esto: si logras los objetivos, te pagaremos con efecto retroactivo –le respondió Helen contenta–. Debería haber sabido que un hombre como Caleb Callaghan no se contentaría con una mujer florero. No eres lo que me esperaba.

Victoria abrazó a Caleb en cuanto este entró por la puerta a la hora de la cena.

–¿Y esto a qué se debe? –preguntó él sorprendido.

–Es para agradecerte el haberme ayudado. Sé que estás ocupado, así que gracias por haberme dedicado parte de tu tiempo.

Él se encogió de hombros y pareció avergonzado.

–Se me ha ocurrido de pronto, es mi forma de disculparme por haber sido tan tonto anoche.

–Estás perdonado. ¿Cómo se te ha ocurrido?

–Se te da tan bien el trato con la gente que pensé que podías encajar en el puesto. Entonces, ¿lo has aceptado?

–Van a aceptarme durante un periodo de prueba. Así veremos si puedo desempeñar el puesto.

–Puedes hacerlo. Y así concentrarás tu terca voluntad en el trabajo en lugar de querer enderezarme a mí.

Ella rio y lo condujo al comedor, donde había dispuesto la cena.

–Pues voy a seguir haciéndolo, tanto si te gusta como si no.

–Maldición… –dijo él dándole unas palmadas en los glúteos antes de sentarse junto a ella.

En otro momento, ella se hubiera alejado de él para poder controlarse. Pero eso ya no iba a suceder más. No permitiría que su abuela arruinara su matrimonio.

A mitad de la cena, él le preguntó de pronto.

–¿De verdad crees que voy a ser un mal padre?

La pregunta le pilló tan de sorpresa a Vicki que respondió con sinceridad.

–Creo que podrías ser un padre estupendo, pero por el camino que vas, terminarás siendo un padre ausente.

Él no respondió, así que ella añadió:

–Los niños no solo necesitan cosas materiales. Lo que más necesitan es tener cerca a sus padres, sus abrazos, sus besos y su amor.

«Y las esposas también», quiso añadir.

–Vicki, yo no sé cómo ser un buen padre –le confesó él.

–Y yo no sé cómo ser una buena madre –respondió ella sonriendo–. Pero sí sé una cosa: siempre que nuestra hija sepa que puede contar con nosotros, estará bien.

Era una lección que ella había aprendido de su niñez. Todos sus sufrimientos no habrían sido nada si hubiera podido recurrir a sus padres para que la consolaran y apoyaran.

–Sé que ninguno de los dos tenemos buenos modelos de familia, pero se trata de nuestra familia, y no de la de nadie más. Podemos crear la vida que queramos para nuestro bebé.

Ella tenía que creer eso. Si no, su temor a destrozar la vida de su hija acabaría con ella.

Siguieron hablando de otros temas, pero cuando Caleb se marchó al bufete de nuevo, Vicki advirtió su expresión. Él estaba pensando en lo que ella había dicho, estaba segura. Solo esperaba que no decidiera ignorarlo.

Caleb colgó el teléfono después de su última conferencia con Londres y giró en su silla para contemplar las luces de la ciudad. El acuerdo estaba cerrado.

Menos mal que al día siguiente era sábado. Después de la crisis del asunto Donner y de los problemas del día, todo el mundo estaba agotado, incluyéndole a él. Mientras contemplaba las azoteas de la ciudad y el mar a lo lejos, las palabras de Vicki acudieron a su mente.

Un padre ausente.

Él no quería serlo. Quería apoyar a sus hijos, ayudarlos a crecer, darles valor y amor. Y sabía que eso era algo que había que ganarse día a día, con esfuerzo y dedicación.

Vicki tenía razón. Él tenía que estar a la hora del desayuno y de la cena, y no solo de vez en cuando, sino a ser posible siempre. Necesitaba llevar a sus hijos al colegio alguna vez, acompañarles a sus partidos de lo que fuera y a las obras del colegio, estar a su lado para escuchar lo que les había sucedido durante el día e incluso para soportar sus rabietas.

«Sé que estás ocupado, así que gracias por haberme dedicado parte de tu tiempo».

El comentario aparentemente poco importante de Vicki le llamó la atención. Su esposa le había agradecido que le hiciera un hueco en su vida, algo no funcionaba… Si estar poco tiempo en casa no era suficiente para un niño, ¿cómo iba a serlo para una esposa?

Al contrario que sus hijos, que tendrían un padre y

una madre, Vicki no tenía a ningún otro marido para cubrir la ausencia de Caleb. Si él no le daba lo que ella necesitaba, nadie lo haría.

Estaban esforzándose por arreglar su matrimonio, pero él seguía anteponiendo el trabajo al resto de su vida. Quizás había dañado para siempre la frágil confianza que había empezado a germinar la noche en que ella se había rendido a sus caricias.

Caleb asió la foto de Vicki que había sobre su escritorio. En la imagen, ella estaba descalza en la playa, con un aspecto tan feliz que a Caleb se le partió el corazón. Su esposa había dejado de reír como en la foto hacía mucho tiempo. Y él no se había dado cuenta. ¿Por qué se extrañaba entonces de que ella le hubiera pedido el divorcio?

Luego, cuatro meses atrás, se había producido el viaje de negocios a Wellington que lo había sacudido todo.

¿Cuántas noches se habría metido Vicki en la cama sabiendo que su marido no regresaría a casa hasta muchas horas después? A Caleb se le encogió el corazón. Siempre se había sentido orgulloso de que protegía a su esposa y se preocupaba de que no sufriera. Pero su mujer había aprendido a valerse por sí misma a base de que él no estuviera cuando ella lo necesitaba.

Caleb estaba fascinado por la mujer que ella estaba demostrando ser. Durante los cinco años de su matrimonio, Vicki había perdido algo más que su inocencia infantil.

***

Vicki se despertó nada más notar a Caleb en la cama junto a ella. Nunca se dormía del todo hasta que se aseguraba de que él había regresado a casa. Sonrió, se acurrucó contra el cuerpo cálido de él y se dispuso a seguir durmiendo. Advirtió que él la abrazaba de forma diferente, más estrechamente.

–Vicki… –comenzó él, y la besó en el cuello.

Él posó una mano sobre el muslo desnudo de ella. Vicki se estremeció, su somnolencia se estaba desvaneciendo.

–¿Qué sucede, Caleb?

Él respondió deslizando su mano por debajo del jersey de rugby que llevaba ella puesto y la colocó en uno de sus senos. Vicki ahogó un grito y se despertó por completo. Caleb estaba desnudo junto a ella y apretaba su erección contra la cadera de ella. La primera reacción de Vicki fue quedarse inmóvil.

Como si él le hubiera leído el pensamiento, le susurró al oído:

–Haz lo que hiciste la última vez.

Cualquier ilusión de controlar la situación se evaporó al oír la petición de él. Vicki se giró y alargó la mano para acariciarle el cuerpo. Antes de que pudiera tocarlo, él le quitó el jersey, lo tiró al suelo y ella se encontró abrazada fuertemente a él, piel con piel, con sus finas bragas de encaje como única barrera entre ambos.

–No puedo tocarte si me abrazas tan fuerte –le susurró ella, percibiendo la deliciosa aspereza del pecho de él contra sus pezones hipersensibles.

–¿Qué te parece si hoy es mi turno? –dijo él mordisqueándole suavemente el labio inferior.

Deslizó una mano por el cuerpo de ella, le levantó una pierna y la colocó sobre su cadera, dejando a Vicki escandalosamente abierta.

Ella sintió pánico, pero no de él, sino de sus propias reacciones. ¿Y si le decepcionaba de nuevo?

—Deja de pensar —le ordenó él, sujetándola por la espalda con una mano y deslizando la otra entre ambos.

—No puedo evitarlo.

Ella era terriblemente consciente del lugar al que se dirigía la mano de él. Un segundo después, él la introdujo por dentro de sus bragas y la rozó en su parte más íntima. Ella se quedó inmóvil, abrumada con el huracán de emociones que estaba desatándose en su interior.

—Dime lo que sientes —le pidió él.

A Vicki le resultaba demasiado difícil pensar, hablar y mantener su cuerpo bajo control al mismo tiempo. Frunció la boca para no jadear.

—¿Sabes lo que yo siento? —le preguntó Caleb, comenzando a acariciarla—. Siento en mis dedos que estás caliente y húmeda, suave y acogedora. Siento que tu cuerpo llama a gritos al mío.

Capítulo Ocho

Vicki estaba abrumada. Caleb nunca le había hablado de forma tan explícita. Para sorpresa suya, descubrió que le encantaba escuchar su voz ronca. Sin darse cuenta, su cuerpo se había relajado al concentrarse en lo que él decía.

Él se inclinó sobre ella y acarició uno de los pezones con la lengua. Vicki gimoteó.

—¿Te duele?

—No.

Al contrario, era muy agradable. Ella quería pedirle que lo hiciera de nuevo.

—¿Quieres que lo haga de nuevo? —le preguntó él, ofreciéndole la tentación.

Vicki apartó a un lado las voces del pasado y se agarró a la promesa del futuro.

—Oh, sí, por favor…

Él repitió la acción en el otro seno.

—Me gusta tu sabor —murmuró.

La mano entre las piernas de ella encontró el pequeño botón que podía llevarla al clímax.

—¿Qué te gusta más? ¿Esto? —preguntó, apretando con el pulgar—. ¿O esto? —acarició el botón en círculos—. Tienes que responder, cariño.

Lentamente, él comenzó a retirar la mano.

Desesperada, Vicki le agarró la mano y volvió a

colocarla en su entrepierna. Sus miradas se encontraron y la explosión sexual fue tal que ella creyó que iba a arder allí mismo; era el gesto más íntimo que ella había experimentado nunca.

–¿Qué prefieres? –insistió él volviendo a mover su mano–. Tienes que decírmelo.

–Caleb… –le rogó ella, pero sabía que él no iba a ponerle las cosas fáciles esa noche, ella tenía que pedir su placer.

En lugar de hablar, Vicki asió la mano de él y le mostró el movimiento que le gustaba más.

Él esbozó una sonrisa.

–Aceptaré eso como una respuesta –dijo él, y le mordisqueó el labio inferior.

Ella se arqueó hacia él para profundizar el beso, pero él negó con la cabeza.

–Nada de besos por tu parte. Tienes que mostrarme cómo te sientes usando el resto de tu cuerpo. Te prometo que seré infinitamente paciente.

Vicki creyó que iba a morirse allí mismo, de tan agitada que tenía la respiración. Los dedos de él estaban volviéndola loca. Le soltó la mano y se agarró a uno de sus musculosos brazos. Nunca se cansaría de cómo la miraba, él nunca antes la había mirado tan ardientemente.

Aquella noche, él estaba comunicándose con ella mucho más que con palabras. Y a ella le gustaba lo que le decía. Intentó besarlo de nuevo, pero él volvió a negar con la cabeza y se mantuvo fuera de su alcance. Antes, ella siempre empleaba sus besos para expresar cómo se sentía, pero en ese momento no tenía esa posibilidad. Eso, combinado con la forma en que él estaba acariciándola, estaba logrando desvanecer su control de sí misma. Vicki hundió las uñas en los brazos de él y su cuerpo se arqueó hacia el suyo pidiéndole más.

Él introdujo levemente un dedo dentro de ella.

–¿Prefieres esto? –le preguntó al oído–. ¿O esto?

Y metió otro dedo ligeramente dentro de ella.

Ella se apretó contra él, con brazos y piernas. Él comprendió su respuesta y la recompensó introduciendo los dos dedos más profundamente dentro de ella, una y otra vez. Ella sintió algo muy hermoso en el horizonte, pero él se detuvo antes de que ella pudiera alcanzar ese lugar.

–Caleb, por favor…

Era la primera vez en su vida que suplicaba por algo sexual. Una parte de ella se aterrorizó de su propia audacia, y entonces gritó de placer mientras todo su cuerpo se estremecía con un orgasmo tan intenso que creyó que iba a desmayarse.

Apenas percibió que Caleb le quitaba las bragas. Luego él se colocó sobre ella y le indicó que le rodeara la cintura con las piernas. Y se quedó quieto hasta que ella abrió los ojos y lo miró. Su rostro era una mezcla de deseo y satisfacción.

–Es el momento del asalto número dos –bromeó él.

Ella abrió mucho los ojos, atónita. Notó que él jugueteaba en su entrada con su erección, pero no la penetró. Vicki tragó saliva y elevó la pelvis, invitándolo a entrar, algo que no había hecho nunca. Él introdujo la punta de su miembro pero no profundizó más.

–No voy a hacerlo hasta que no estés conmigo –le advirtió él, y se inclinó de nuevo sobre uno de sus pezones.

Succionó con la presión justa, mandando olas de placer por todo el cuerpo de Vicki. Cuando él apartó su cabeza, Vicki supo lo que tenía que hacer ella. Caleb le había enseñado las reglas de aquel juego íntimo, le había dado las herramientas con las que combatir su miedo a hacer algo equivocado.

Le rodeó el cuello con sus brazos y lo atrajo hacia sí. Él retomó su tarea con tal placer que destruyó la poca capacidad de razonamiento que le quedaba a ella. Caleb se movió entonces al otro pecho y ella sintió que su cuerpo se pegaba más al de él. Él la penetró otro poco y se detuvo de nuevo.

Vicki deseó gritar que quería sentirlo dentro de ella, duro y grueso, y le acarició la espalda con las uñas. Él se estremeció y levantó la cabeza, tenía las mejillas encendidas.

—Aún no estás conmigo.

Ella quería rogarle que tuviera piedad, pero tenía la impresión de que Caleb no iba a concedérsela esa noche. Por primera vez en casi cinco años, tenía a su amante apasionado de nuevo junto a ella, el hombre que siempre la había vuelto loca de deseo.

En el pasado, ella se había asustado ante la intensidad de su propia pasión y se había comportado como si fuera una mujer fría, obligando a Caleb a refrenar su sexualidad apasionada. Pero esa noche el control había desaparecido y, si ella quería sobrevivir al viaje, tenía que dejarse ir y confiar en que él la llevaría más allá.

Cuando le asaltó el pánico, ella se recordó su decisión: no fingir más, no seguir protegiéndose. Le acarició el brazo hasta llegar a su mano y la colocó entre sus cuerpos para mostrarle lo que quería. Era de las cosas más difíciles que había hecho nunca, pero el resultado fue el placer más delicioso.

Caleb fue acariciándola rítmicamente y, cuando Vicki creía que iba a morir de placer allí mismo, él la penetró por fin. Después de dos meses de privación, el cuerpo de ella estaba prieto y su carne hambrienta. Vicki sentía cada centímetro de él, tan caliente, tan duro y, por fin, tan suyo. Lo sintió moverse, cada vez más rápida y profundamente, hasta que a ella se le escapó un grito mientras se rendía a la pasión.

En ese momento, él la besó y fue como avivar una hoguera. Ella reaccionó entregándose completamente al amor que él le ofrecía y sintió que él también se sumergía en el fuego.

A la mañana siguiente, cuando se despertó, Vicki no podía dejar de sonreír. Le dolía todo el cuerpo, pero estaba más feliz que nunca. Se acurrucó en los brazos de Caleb y se disponía a volver a dormirse cuando vio la hora en el despertador. Se incorporó bruscamente.

–¡Caleb, despierta, son las nueve! –exclamó, pues sabía que él odiaba llegar tarde.

Caleb la abrazó haciéndola tumbarse y murmuró:

–Es sábado. Voy a tomarme todo el fin de semana libre –dijo él, y volvió a dormirse.

Hasta entonces, el hecho de que fuera sábado no suponía ninguna diferencia con el resto de la semana. Caleb siempre estaba en el bufete.

Vicki esbozó una amplia sonrisa. ¡Eso significaba que Caleb era suyo durante dos días enteros! Y ella tampoco tenía ningún compromiso. Los documentos del empleo de recaudar fondos le habían llegado la noche anterior y los había revisado. Tenía muchas ideas bulléndole por dentro, pero no comenzaría oficialmente en su empleo hasta el lunes.

Vicki se deleitó en el abrazo de su marido mientras imaginaba todo lo que los dos podían hacer juntos. La idea que le resultaba más atractiva era quedarse en casa, concretamente en la cama, durante los dos días.

Tener a Caleb para ella sola durante un rato era uno de sus sueños secretos. Nunca se lo había pedido. A lo mejor su esposo había escuchado los susurros de su corazón.

Caleb se despertó y encontró la cama vacía. Por el olor a café que llegaba desde la cocina, supo dónde estaba Vicki. Sonrió y se levantó de la cama sintiéndose mejor que en muchos años. La paciencia, definitivamente, era una virtud; la noche anterior había sido su recompensa.

Se puso unos pantalones de chándal y salió del dormitorio. Vicki estaba enjuagando un plato cuando él entró en la cocina. En cuanto lo vio entrar, se lo quedó mirando boquiabierta.

–¿Qué sucede? –preguntó él con un bostezo, estirando los brazos por encima de la cabeza.

Parecía que a su mujer le gustaba verlo recién despierto, sin arreglar. Se acercó a ella y la abrazó por detrás.

–Buenos días.

–Es casi mediodía –comentó ella en un susurro acariciándole el pecho.

–El momento perfecto para un rato de sexo, ¿no crees?

Después de dos meses de celibato, el cuerpo de Caleb había saboreado el paraíso y quería más. Deslizó una mano hasta sus glúteos y los acarició a través del fino vestido de algodón. El sol entraba por las ventanas, creando un ambiente muy cálido.

–Ahora que hemos arrancado no queremos perder nuestro ímpetu, ¿verdad? –bromeó.

Vio que ella se ruborizaba y se dio cuenta de que no le había hecho el amor a la luz del día desde hacía años. Pero eso iba a cambiar. Su erección era potente y exigente. Caleb quería estar dentro de ella, sentir cómo lo abrazaba íntimamente mientras él la penetraba lenta y profundamente. Quizás lograría que hablara con él como la noche anterior, con sus manos y los sensuales y explícitos movimientos de su cuerpo.

Como si ella pudiera leerle la mente, abrió mucho los ojos.

–Me miras como si quisieras devorarme –le dijo.

–Es justo lo que quiero –respondió él, y miró por la ventana que daba al pequeño jardín trasero que lindaba con la casa de sus vecinos.

Una escandalosa idea acudió a su mente. Para Vicki sería un desafío, pero él comenzaba a comprender que ella siempre había sido más valiente de lo que él había creído. Ya era hora de dejar de reprimirse y comenzar a mostrarle cómo era él en realidad, comenzar a mostrarle a ella sus necesidades, tanto sexuales como emocionales.

Antes de que ella pudiera sospechar nada, desvió su atención besándola apasionadamente. Ella ronroneó abrazada a él, entregándose plenamente en ese beso, como siempre hacía. A él le encantaban sus besos, sobre todo porque en cada gesto ponía toda su alma y todo su corazón. Cuando ella se apartó de su boca y comenzó a besarlo por el cuello, él dio su siguiente paso.

Le dio la vuelta hasta colocarla de frente a la ventana. Entonces la empujó ligeramente y ella, instintivamente, se inclinó sobre la encimera. Él le acarició las nalgas, la besó en el cuello y sonrió.

—Caleb, te deseo —susurró ella.

Era su forma de decirle que salieran de la cocina y fueran a la intimidad de su dormitorio. Pero Caleb quería jugar un poco.

Por el rabillo del ojo vio que la puerta de sus vecinos se abría y alguien salía al jardín. Antes de que nadie lo viera, Caleb se arrodilló detrás de Vicki y le bajó las bragas. Ella, atónita, estuvo a punto de girarse hacia él, pero el vecino la saludó. Vicki respondió agitando la mano.

—¿Qué estás haciendo? Bill… —siseó ella nerviosa a Caleb.

—Él no puede verme —terminó Caleb—. Finge que estás fregando los platos.

—¿Mientras tú haces qué? —protestó ella, pero se quitó las bragas del todo.

Caleb aspiró el aroma femenino de ella mientras le levantaba el vestido. Luego colocó una mano en su vientre y la saboreó como había deseado hacer siempre. Ella ahogó un grito de placer y todo su cuerpo se estremeció convulsivamente.

—Caleb, no puedo…

Él la hizo callar soplando sobre su carne más sensible.

–No eches a perder el juego –le pidió.

Sabiendo que estaba siendo despiadado, Caleb lamió suavemente los pliegues íntimos y luego los acarició con los dientes. A ella le temblaron las piernas mientras él sentía su sabor en la lengua. Nunca se cansaría de aquello, pensó él recreándose a fondo.

Ella empezó a respirar agitadamente, le estaba costando trabajo mantener el control.

–Caleb… –comenzó ella, y se interrumpió con un grito ahogado cuando él deslizó su lengua dentro de ella.

Todo el cuerpo de Vicki comenzó a temblar. Caleb decidió darle un respiro, salió de su interior y le mordisqueó los glúteos.

–¿Está Bill mirando hacia aquí?

–No –contestó ella, y se dejó caer en sus brazos–. Voy a matarte.

–Primero déjame que termine lo que he empezado –señaló él metiendo dos dedos dentro de ella y moviéndolos en su interior–. Quiero saborearte un poco más.

Vicki se quedó sin aliento. Se arqueó y no protestó cuando él la tumbó sobre las baldosas del suelo, sujetándola por las nalgas mientras inclinaba la cabeza entre sus muslos y la esencia de ella lo envolvía de nuevo.

Vicki se entregó a él. Caleb había intentado amarla de aquella forma al principio de casados, pero ella había reaccionado tensándose, aterrada de la pasión que le hervía en la sangre. Nada de lo que él había dicho o hecho la había tranquilizado, así que él no había vuelto a hacérselo.

A Vicki se le escapó un gemido mientras él succionaba sus pliegues haciendo vibrar todos sus sentidos. Ella sintió que los músculos de su abdomen se tensaban y cerró los ojos para rechazar la explosión que estaba construyéndose en su interior. Era demasiado fuerte, no sobreviviría.

–Relájate –le susurró Caleb–. Por favor, déjate ir.

Fueron las palabras «por favor», dichas con voz ronca, las que acabaron con su resistencia. Con un grito ahogado, Vicki sintió que elevaba la espalda del suelo mientras permitía que él la poseyera en cuerpo y alma. En sus párpados cerrados vio reflejadas miles de luces de colores. Era tanto placer que resultaba difícil de soportar.

Intentó decírselo a Caleb, pero él ya estaba ahí, besándola en la boca aumentando su placer aún más y al mismo tiempo dándole la fuerza para superar el huracán. La noche anterior él había sido fabulosamente paciente, pero en ese momento le estaba pidiendo que ella asumiera su parte del trato, que le diera la pasión que le había negado durante tanto tiempo. Perdida en su beso hambriento, Vicki se rindió a Caleb.

Cuando finalmente abrió los ojos, se encontró en brazos de Caleb camino del dormitorio.

–Ahora sí que quieres una cama, ¿eh? –bromeó ella.

Él sonrió con los ojos llenos de deseo.

–No quiero que te hagas daño, me siento lleno de energía.

Vicki soltó una carcajada al ver su mirada traviesa.

–Me encanta tu risa –le dijo él mientras la dejaba suavemente sobre la cama.

Era una declaración sutil. Abrumada, Vicki se retorció las manos. Caleb no dejaba de sorprenderla. Cuando creía que ya lo sabía todo de él, aparecía con algo tan romántico que la hacía estremecer.

–Te he echado de menos –añadió él y, sin dejar de mirarla, se quitó los pantalones y se metió junto a ella en la cama. Le posó una de sus manos en el muslo y se inclinó para besarla en el cuello. El vestido de ella era fino, pero Vicki sintió que le estorbaba. Se removió y él levantó la cabeza.

–¿Qué sucede?

–Quiero quitarme el vestido –respondió ruborizándose.

Era una tontería ruborizarse después de todo lo que habían hecho juntos, se dijo ella, pero siempre le daba timidez desvestirse delante de Caleb.

–Quiero ver cómo te lo quitas.

Era un desafío, pero por encima de eso era una petición.

Vicki deseaba darle lo que él le pedía. Pero, tal y como había dicho él, los hábitos de una vida no se podían cambiar tan fácilmente. Ella no era ninguna seductora, era una mujer acostumbrada a reprimirse.

Se mordió el labio inferior y empujó a Caleb hasta que se hizo a un lado. En sus ojos había una paciencia infinita. Vicki se incorporó sobre las rodillas y se alisó el vestido sobre los muslos.

–Caleb, vas a tener que seguir ayudándome, ¿de acuerdo?

Cada vez le resultaba más fácil pedir ayuda, porque

estaba aprendiendo que Caleb no rechazaba sus peticiones. Al contrario que la gente con la que ella se había criado, él nunca ignoraba sus necesidades ni le decía que tenía que ser como no era.

–Te ayudaré siempre –respondió él colocándose de rodillas delante de ella–. Cierra los ojos.

Ella lo hizo y se llevó las manos a la cremallera del vestido. Caleb se inclinó sobre ella para ayudarla a bajarla. Vicki aspiró su aroma a hombre y permitió que su cuerpo se relajara de placer. Caleb se apartó de ella cuando la cremallera estuvo abierta y Vicki supo lo que estaba esperando y le resultó de lo más excitante. Con los ojos aún cerrados, se bajó los tirantes del vestido.

–Llevas sujetador…

La voz de Caleb fue como una caricia en la penumbra. No verlo le facilitaba el desvestirse a Vicki, pero al mismo tiempo subía mucho más la temperatura del acto.

–Empiezan a dolerme los senos si no lo llevo.

Él recorrió el encaje del sujetador con un dedo provocándole un inesperado placer.

–Me gusta verte con satén y encaje.

Vicki se quedó sin aliento. Nunca hubiera supuesto que su esposo, un tipo duro y práctico, disfrutaría del satén y el encaje. Ella se desabrochó el sujetador. De pronto le asaltaron sus antiguas inhibiciones y se detuvo, haciéndose consciente del vestido enrollado a la altura de su cintura y del hombre frente a ella.

–Esperaré todo el tiempo que necesites –le tranquilizó él.

¿Cómo hacía él para saber exactamente cómo romper sus barreras? Vicki respiró hondo y se quitó el sujetador. Sintiéndose más desnuda que nunca, se sentó en la cama, expectante.

Pero nada podría haberla preparado para la ola de sensaciones que la invadió cuando Caleb acercó su boca a uno de sus senos. Vicki gritó de placer mientras él le rodeaba la cintura con los brazos e inclinaba de nuevo la cabeza sobre ella. El tacto suave de su pelo contrastaba con el roce de su mandíbula sin afeitar y el mordisqueo de sus dientes.

Vicki seguía con los ojos cerrados y estaba hundiéndose en multitud de sensaciones. Quería regodearse en ellas. Entonces abrió los ojos y fue su perdición, podía ver lo que antes solo sentía: el brillo dorado de la piel de Caleb, el rastro húmedo de su saliva sobre sus senos conforme se movía de uno a otro, el evidente placer de su rostro...

Ella lo asió por la nuca intentando besarlo en la boca, pero él no cooperó y ella gimió frustrada. Le rodeó el cuerpo con piernas y brazos y lo atrajo hacia sí. Entonces sí que logró su beso. Había sido un intento desesperado de encontrar una referencia para no sentirse tan perdida, pero falló porque Caleb se aprovechó de que ella se había abierto tanto. La asió por las caderas y la colocó sobre su miembro. Vicki ahogó un grito. Nunca habían hecho el amor de esa forma, se sentía invadida y se estremeció.

–Es demasiado profundo –protestó.

–¿Estás segura?

Él se detuvo y comenzó a besarla en el cuello.

Ella se movió sobre él y, en su interior, sintió que él se tensaba y crecía aún más. Fascinada, volvió a moverse. Esa vez, él la sujetó por la cintura y la miró lleno de deseo.

–Vicki… –masculló él con la mandíbula apretada, tratando de mantener el control.

Ella nunca había logrado que él sonara así. De repente, él estaba maravillosamente profundo. Colocó sus manos sobre los hombros de él, lo miró a los ojos y empujó un poco más. Caleb gimió y echó la cabeza hacia atrás.

Asustada de su propia temeridad pero habiendo deseado ese momento toda su vida, Vicki comenzó a moverse rítmicamente. Su temor a hacer algo mal no era nada comparado con su deseo de llevar a Caleb al éxtasis. Ella había pasado todo su matrimonio convencida de que había fallado en la cama a su esposo tan viril. Por nada del mundo iba a dejar que se le escapara esa oportunidad.

–Más despacio –dijo él, hundiendo el rostro en el cuello de ella, pero no hizo ningún ademán de frenar su ritmo.

Ella decidió seguir la pista de su cuerpo, no de sus palabras, y comenzó a moverse más deprisa. Percibió que él estaba a punto de perder el control y la mujer que había en ella se regocijó.

Le apartó el cabello de la cara y lo besó con la intención de hacerle llegar a lo más alto. Estaba tan concentrada en el beso que no se dio cuenta de que él había metido una mano entre ambos, hasta que fue demasiado tarde. La acarició de la forma que a ella le gustaba, siguiendo lo que había aprendido la noche anterior.

Vicki llegó al orgasmo. Y Caleb también.

Capítulo Nueve

Cuatro horas después, caminaban por Mission Bay. Se habían acercado allí en busca de un lugar agradable para comer. A Vicki le daba igual dónde fueran, estaba encantada con el simple hecho de salir con su marido una apacible tarde de sábado.

–¿Qué te parece si compramos algo y nos lo comemos en la playa? –le propuso Caleb.

Vicki miró alrededor y vio un parque lindando con la playa.

–Suena bien. No hace mucho frío –respondió ella.

Caleb le tendió las llaves del coche.

–¿Por qué no vas a buscar el juego de picnic que guardaste en el coche mientras yo compro algo? Nos encontraremos allí –dijo él señalando un lugar soleado–. ¿Alguna preferencia?

–Elige tú –contestó ella agarrando las llaves.

Vicki dudó unos instantes y luego se puso de puntillas y besó a Caleb en la boca antes de alejarse. Era un gesto muy simple, pero nunca antes lo había hecho porque creía que las demostraciones de afecto en público eran inapropiadas.

Vicki se acercó al coche y sacó el juego de picnic que había guardado meses atrás con la esperanza de que Caleb captara la indirecta. Que él se hubiera acordado era una buena señal, celebró ella mientras sacaba la cesta con platos, cubiertos y una manta para sentarse encima.

Llegó a la playa antes que Caleb y extendió la manta. Mientras esperaba, se entretuvo en observar a la gente. Una madre estaba lanzando una pelota a su hijo sonriente y ambos reían con las gracias del pequeño. Vicki también sonrió al verlos y luego reparó en un hombre que supuso que era el padre. Estaba sentado cerca, hablando por el teléfono móvil y con un maletín abierto junto a él. De vez en cuando, la mujer lo miraba invitándolo a unirse al juego, pero él apenas parecía darse cuenta de la presencia del niño.

Entonces Caleb llegó junto a Vicki con una pizza, bebidas y pan de ajo.

–¿Qué estabas contemplando con tanto interés? –preguntó él.

–Nada –contestó ella desviando la mirada.

Pero él había advertido qué había retenido su atención. Ninguno de los dos dijo nada mientras ella abría la caja de la pizza y desenvolvía el pan de ajo, y Caleb abría las latas de refresco. Comenzaron a comer y por fin Caleb habló.

–¿Temes que nos ocurra lo mismo a nosotros?

Ella no podía mentirle.

–Sí. Pero lo estás intentando, cariño, lo sé. Quiero decir, mira este fin de semana…

–Un fin de semana en un par de meses no va a solucionarlo todo, ¿verdad, Vicki? –comentó él mirándola con tanta intensidad como si pudiera ver su alma.

Si él quería hablar de ello, ella no podía echarse atrás, se dijo Vicki.

–Un niño tan pequeño como ese quizás no se dé

mucha cuenta. Pero un niño que vaya al colegio o que juegue en el equipo de fútbol desde luego que sí lo hará –señaló lentamente–. Yo eché de menos a mis padres cada día que no estuvieron a mi lado. Yo no era muy deportista, pero tocaba la flauta en la orquesta del colegio.

Vicki se permitió recordar a la niña que miraba esperanzada al público en cada concierto. Aún había muchas cosas que no era capaz de afrontar, pero por el bien del bebé que llevaba en su vientre, tenía que enfrentarse a ese particular episodio.

–De vez en cuando, ofrecíamos un concierto. Mi abuela siempre acudía, pero no era como las madres y los padres que iban con las cámaras de vídeo y de fotos, para captar cada momento, avergonzando a sus hijos pero demostrándoles que los querían. Ella iba para que nadie pudiera decir que descuidaba a su nieta –confesó Vicki, y le acarició distraídamente la mejilla a Caleb–. No quiero que nuestra hija se sienta así, como que es una obligación nuestra. No quiero que piense que estás entre el público porque yo te he obligado a ir, y que preferirías mil veces estar en el trabajo haciendo algo *importante*.

Caleb le asió la mano y la atrajo hacia sí. Tenía la vista fija en el mar, pero ella supo que estaba muy concentrado en lo que estaba diciendo.

–Mi trabajo es parte de mí –comentó él–. Nunca podría dejarlo a un lado del todo.

–Lo sé.

Vicki deseó comprender por qué era tan importante para él esforzarse en ser siempre el mejor. Sabía que tenía algo que ver con su familia, pero él siempre se había resistido a hablar de esa parte de su vida. Lo único que ella sabía era que él tenía que demostrar algo y no permitiría que nada ni nadie se interpusiera en su camino hacia ese objetivo. Ni siquiera su esposa.

Ella nunca había cuestionado ese tema, abrumada por la terca voluntad de él, pero quizás había llegado la hora de hacerlo; ya no era su felicidad la que estaba en juego únicamente.

–No espero que te olvides de tu trabajo. Lo único que quiero es que hagas espacio en tu vida para nuestra hija. Espacio de verdad, no un momento de vez en cuando.

Él no dijo nada, pero estaba escuchando. No era suficiente, pero al menos era un comienzo.

El despertar de los sentidos que comenzó la noche del viernes continuó desarrollándose durante el fin de semana. Lo más importante no era el placer físico que estaban aprendiendo a darse, sino las emociones que les hacían desear complacer al otro. Esa vez estaban decididos a hacerlo bien, en la cama y fuera de ella.

La única nota amarga se produjo el domingo después de cenar. Vicki sonreía relajada y satisfecha a su marido cuando sonó el teléfono. A los pocos segundos de responder Caleb, a ella se le desvaneció la sonrisa.

–Sí, Lara, claro que soy yo –dijo Caleb.

Vicki se acercó a él y le indicó con un gesto que le pasara el teléfono. Él negó con la cabeza. Vicki supuso que él no quería que ella se pusiera nerviosa. Esa intención de protegerla no la frustró, porque ella había aprendido a mantenerse por sí misma cuando era necesario, y la acogió como un preciado regalo, un signo de que ella era importante para él.

Sin avisarle, Vicki le quitó el teléfono de las manos y se lo llevó a la oreja mientras mantenía a distancia a Caleb. Lara estaba en mitad de uno de sus exabruptos.

–Lara, soy Vicki.

Hubo un silencio.

–¿Por qué te has puesto tú al teléfono? ¿Dónde está Caleb?

Vicki estaba furiosa con Lara por destrozar su maravilloso fin de semana.

–Él quería que fuera yo quien te anunciara la buena noticia: estoy embarazada, ¿no es maravilloso?

Caleb enarcó una ceja al oír su tono de voz y dejó de insistir en agarrar el auricular.

Se produjo otro silencio y Vicki tuvo la impresión de que Lara estaba contándole la noticia a otra persona.

–Felicidades. ¿Acabáis de enteraros?

–No, lo sabemos desde hace un tiempo.

–Gracias por contárnoslo –respondió Lara con sarcasmo.

Vicki sonrió y habló con un tono tan dulce que resultaba cortante; había aprendido de la mejor a ser «educadamente feroz».

–El asunto, Lara, es que tú nunca nos preguntas cómo estamos cuando nos llamas, así que nunca podemos contarte este tipo de cosas.

Otro silencio, como si Lara estuviera sopesando si su cuñada, habitualmente tan correcta, estaba comportándose como una arpía.

–Quiero que Caleb vuelva a ponerse al teléfono.

–Me temo que no está disponible –contestó Vicki apoyándose contra él y abrazándolo por la cintura.

Él comenzó a juguetear con el cabello de ella, señal de que dejaba la llamada en sus manos. Animada por su apoyo, Vicki continuó:

–Está ocupado ganando dinero para *nuestro* bebé. Tenemos que empezar a ahorrar para pagarle la universidad.

Lara no dijo nada durante un largo momento, aunque Vicki la oyó susurrar ásperamente con alguien.

–Caleb es mi hermano –dijo Lara a modo de amenaza sutil.

–Y es el padre de mi hija –replicó Vicki suavemente, recreándose en una sensación que no se había atrevido a reconocer: Caleb era leal a ella, en aquel momento y para siempre.

Aunque él no la amaba con la apasionada devoción de que podía ser capaz, aunque su trabajo era lo más importante para él, aunque la había traicionado con Miranda, también le había demostrado que ella le importaba. Le importaba lo suficiente como para luchar por ella. Y ella era una mujer que nunca le había importado a nadie.

Caleb se tensó y ella supo que iba a intentar retomar el auricular, al prever lo que iba a suceder. Su capacidad de concederle el control a ella se había desvanecido al pensar que ella podía resultar herida. Él le gustaba mucho, pensó Vicki, pero a veces la enfurecía. Se apartó de él y le indicó que no se moviera. Él la miró con los ojos entrecerrados y se cruzó de brazos.

–No puedes prohibirme que hable con mi hermano –comentó Lara comenzando a elevar la voz.

–Nunca intentaría hacerlo –respondió Vicki, respiró hondo, y dio el siguiente paso–. Siempre y cuando no le hagas sufrir, puedes hablar con él todo lo que quieras. ¿Crees que puedes hacerlo, Lara?

Se produjo un largo silencio y luego se oyó el tono de llamada. Vicki suspiró y devolvió el auricular a su sitio.

–Ha colgado –anunció.

Caleb la abrazó fuerte.

–No quiero que trates con mi familia. Pueden ser…

–No, Caleb –lo interrumpió ella mirándolo a los ojos–. Lo que he dicho hoy iba en serio. Ahora nos ayudaremos el uno al otro. Confía en mí, puedo sostenerte.

Él se la quedó mirando durante un largo momento, tan orgulloso de ella que Vicki casi se quedó sin aliento.

–Resultas muy sexy cuando estás enfadada, señora Victoria Elizabeth Callaghan.

Ella se echó a reír.

–Vamos, primero el café. Luego hablaremos –dijo ella mientras servía la bebida.

Caleb fue besándola en el cuello hasta que ella le hizo sentarse en una silla y le colocó el café delante.

–Compórtate –le advirtió.

Él sonrió y dio un sorbo a su taza. Vicki sacudió la cabeza y se apoyó en él.

–Lo que no comprendo es por qué tu familia es tan dura contigo. Quiero decir, sé que escogiste un camino diferente al suyo, pero por mucho que ellos desprecien el capitalismo, creí que estarían orgullosos de ti. Incluso mi abuela está impresionada por tus logros.

Caleb apretó la mandíbula. No quería adentrarse en ese terreno. Ella hizo que la mirara.

–Hay algo más, ¿verdad?

–Relajémonos y disfrutemos del café, cariño –dijo él llevándose la taza a los labios–. No quiero hablar de mi familia en este momento.

Su esposa era lo importante, y no Lara ni sus padres. Caleb contuvo el aliento mientras esperaba a que ella cambiara de tema, a que no removiera el asunto. Pero las cosas habían cambiado.

–No, lo que necesitas ahora es hablar conmigo –replicó ella acariciándole la mejilla.

–No hay nada de que hablar.

Ella bajó la mano, pero le sostuvo la mirada.

–Entonces, ¿por qué estás enfadado?

–No estoy enfadado –respondió él, y le puso una mano en el muslo.

Vicki frunció el ceño y se irguió en su silla. Él creía que ella estaba aceptando su derrota. Pero entonces se sentó a horcajadas en su regazo y le colocó las manos en los hombros.

–Habla conmigo.

–Quizás hay cosas de las que no quiero hablar.

Él había logrado dejar atrás su vergonzoso pasado, no veía necesidad de volver a recuperarlo. No en ese momento. No cuando su vida por fin discurría maravillosamente bien.

–Cuéntame por qué ellos te tratan de esa manera –le pidió ella.

Caleb se sirvió más café para ganar tiempo.

–No puedes cerrarte en banda cada vez que te apetezca, Caleb.

Ahí él no pudo aguantar más. Dejó la taza sobre la mesa de un golpe y miró a Vicki desde el otro extremo de la habitación.

–¿Tú me dices que yo me cierro? ¿Y tú qué? –arremetió él a la defensiva.

Lo cierto era que no quería hablar de por qué su padre lo odiaba y su madre apenas lo toleraba. Así que había vuelto la atención hacia Vicki. Y, a pesar de la razón que lo impulsaba, estaba diciendo una verdad como un templo.

Caleb estaba más furioso de lo que ella le había visto nunca. En las peleas que habían tenido hasta entonces, él nunca había perdido los estribos. Y en aquel momento le salían chispas por los ojos. ¿Por qué?

–¿Yo, cerrada? Quizás no sea muy buena en la cama, pero…

–No me refiero al sexo –la interrumpió él.

–¿Entonces a qué te refieres?

Vicki se sentía muy confusa, pero no iba a demostrárselo. No estaba dispuesta a dejar que él la avasallara. La última vez que lo había hecho, casi había acabado con su matrimonio.

–Por Dios santo, Vicki –murmuró él pasándose la mano por el pelo–. ¿Sabes lo difícil que es intentar atravesar esa coraza que te has puesto alrededor? Eres como un cangrejo ermitaño: cada vez que te exijo demasiado, te refugias tras tus barreras protectoras. ¿Sabes lo que es vivir con una mujer que te aparta de su vida sin dudarlo? Es muy doloroso.

Ella negó con la cabeza.

–Eso no es cierto. Siempre he contado contigo.

Él pronunció un insulto que le hizo a Vicki dar un

respingo. Una parte de ella dudó de su habilidad para tratar con él cuando se ponía así. Otra parte le dijo que era por eso por lo que ella estaba luchando, por un marido que no se contuviera por temor a que ella no pudiera manejarlo.

–No sé lo que te hizo tu familia –continuó él–, pero te marcó, aunque no quieras admitirlo. Te aterra tanto permitir que alguien se acerque a ti, confiarle una parte de ti a alguien, que prefieres estar sola.

–¡Eso es mentira! –gritó ella–. ¡Estoy luchando por nosotros!

–¿De veras? Si te pregunto algo que no quieres responder, si te pido que afrontes cosas que no quieres afrontar, ¿qué harás? –preguntó él tenso–. Correrás a esconderte, recuperarás el control de ti misma y a la mañana siguiente me sonreirás como si nada hubiera sucedido.

Vicki temblaba tanto de ira que no pudo contestar. Lo que él decía no era cierto en absoluto.

–Quizás eso fuera cierto en el pasado, pero ya no lo es. Fui a buscarte –logró decir ella por fin.

–No basta con que abras tu corazón una vez y luego vuelvas a sellarlo, sintiéndote satisfecha porque has saldado tus deudas emocionales.

–No te entiendo –dijo ella, temblando.

Él se llevó las manos a las caderas.

–Ahora que nos va bien en el sexo, crees que vas a poder volver a tu coraza, desde donde vives tu vida, donde no tienes que enfrentarte al hecho de que las necesidades de otra persona quizás impliquen que tú muestres tu vulnerabilidad.

Eso la hizo reaccionar.

–¿Cómo puedes decir eso? Sabes lo mal que lo pasé al creer que no podía darte lo que necesitabas. ¡No me habría sentido así si hubiera estado tan cerrada! –dijo ella a gritos.

Él apretó los puños.

–Pero no me lo demostraste cuando era importante, ¿verdad? No me hablaste de ello. ¡Dejaste que la herida fuera creciendo hasta que el divorcio te pareció la única opción!

Ella quiso replicar pero no pudo, él tenía razón. Guardaba secretos, secretos muy dolorosos. Intentaba no pensar en ello, intentaba ignorar lo que él había hecho a sus espaldas con Miranda, pero esa infidelidad seguía hiriéndola profundamente, era algo que había roto algo básico de su matrimonio. Pero ella no lograba reunir el valor para hablar de ello, no podía abrir su corazón al insoportable dolor que sabía que la esperaba.

–¿Cuántas cosas no vas a decirme nunca porque son demasiado duras de afrontar? –continuó él–. ¿Quieres saber por qué estoy tan furioso? No tiene nada que ver con nuestros problemas en la cama.

–¿Entonces de qué se trata? –preguntó ella, aterrada por la posible respuesta.

–El matrimonio es una cuestión de confianza mutua, Vicki, de apoyo mutuo. Pero tú solo estás dispuesta a aceptar la parte que te agrada. Es fácil para ti concentrarte en ayudarme a mí a afrontar mis cicatrices. De esa forma, tú no tienes que observar las tuyas.

Vicki no podía hablar. Caleb estaba destruyendo las armas de supervivencia que le habían permitido crecer sin padre ni madre, sin nadie que la amara ni la cuidara.

–Me dices a mí, pero ¿cuándo has contado tú algo

de tu familia? El año pasado, después de la visita de Danica, estuviste llorando durante una semana, pero no quisiste decirme por qué –dijo él con la voz rota–. ¿Crees que no sé todo lo que guardas en tu interior, todo lo que entierras para no tener que admitir que te hiere?

Vicki ahogó un sollozo.

–¿Tan débil soy? –le preguntó a Caleb–. ¿Tan asustada estoy de enfrentarme a mi pasado?

El sufrimiento de sus ojos dejó a Caleb destrozado. Se sintió culpable, pero no estaba dispuesto a echarse atrás. Aquello era lo más cercano que ella había estado de hablar de sus secretos.

–No eres débil –le aseguró, acercándose a ella.

–Estoy aterrorizada, Caleb.

–¿Por qué, cariño mío?

Caleb sentía el corazón en un puño. Él era tan culpable como ella de su situación. Él había permitido que ella se escondiera, que se apartara de lo que pudiera suponer demasiado para ella, hasta el punto de que había restringido sus necesidades a lo que creía que ella podía soportar.

Sí, en el terreno sexual estaban empezando a entenderse, pero ¿y en el emocional? Ella seguía estando distante, reticente a entregarse a él. Todas las caricias del mundo no podían ocultar el hecho de que ella nunca le había dicho que lo amaba.

Él solía susurrarle palabras de amor al oído, pero ella nunca lo hacía. Y esa vez él no iba a arriesgar su corazón. No, a menos que ella se arriesgara también, y eso significaba que tenía que liberarse de su pasado.

–¿De qué tienes miedo? –insistió al ver que ella no respondía.

–De verme abandonada de nuevo –respondió ella con un hilo de voz.

La ira de Caleb se desvaneció. Atrajo a Vicki hacia él y la abrazó. Ella le rodeó la cintura con los brazos, temblando con tanta fuerza que parecía que iba a romperse.

–No vuelvas a tener miedo de eso –dijo él–. Nunca, ¿me has entendido?

Ella no respondió, pero le abrazó aún más fuerte. Él la besó en el cabello e intentó que dejara de temblar.

–Yo nunca te abandonaré –aseguró él–. Sabes que mantengo mis promesas. Y en nuestra boda te prometí que estaría a tu lado para siempre.

Ella gimoteó.

–No sabía que tenía tanto miedo –confesó–. No quería verlo. Si no le prestaba atención, no tendría que pensar en el abandono de mis padres.

–Ellos se preocupaban por ti a su manera. Simplemente, no eran buenos padres.

Él conocía a Danica y a Gregory, sabía de lo que hablaba.

–¿Cómo pudieron abandonarme de esa manera, dejarme con Ada y seguir con sus vidas? –preguntó ella con voz rota–. Como si yo fuera una mascota de la que se hubieran cansado…

Caleb sintió que las lágrimas se agolpaban en su pecho. Las contuvo con todas sus fuerzas mientras deseaba poder luchar contra los demonios de Vicki por ella. Pero lo único que podía hacer era abrazarla y consolarla para que ella pudiera sacar su rabia y su dolor.

Después de lo que pareció una eternidad, ella habló de nuevo.

–Mi madre solía llamarme «mi pequeño ángel». Recuerdo cuando me sentaba junto a su tocador y la observaba maquillarse. Me parecía la mujer más bonita del mundo –confesó ella llena de emoción–. Ella me decía que, cuando creciera, yo sería como ella y entonces me enseñaría a hacerme aún más bella. A veces, me pintaba las uñas y yo me sentía muy mayor.

Él le acarició el pelo, tan suave, tan delicado... como el corazón de su propietaria, muy sensible y maltratado.

–Entonces, un día, metió mis cosas en una maleta, me llevó a casa de Ada y se despidió de mí. Mi padre se había marchado meses antes. Él nunca había tenido una relación estrecha conmigo, no me dolió tanto no volver a verlo, después de un tiempo me acostumbré. Aún me quedaba mamá y las mamás no se iban –continuó ella–. Durante mucho tiempo, creí que ella regresaría. Solía sentarme en el porche a esperarla.

Vicki se separó ligeramente de él. Tenía las mejillas inundadas de lágrimas y él se las enjugó.

–Cariño, ya es suficiente –le dijo, con el corazón roto.

Se detestaba a sí mismo por haberla hecho llegar tan lejos, mientras él ocultaba sus propios secretos. ¿Qué cobarde hacía eso a su esposa, la mujer a la que había jurado proteger?

Ella le acarició el rostro dulcemente y continuó hablando.

–Un día, Ada se cansó. A los dos meses me dijo que mi madre era una fresca y que no iba a volver, que estaba más preocupada en complacer a su nuevo amante que en cuidar de su hija.

Caleb se estremeció de ira y le asió el rostro.

—Ada es una amargada que nunca debería haber tenido que cuidar de una niña. No permitas que sus palabras envenenen tu vida.

La aparente calma de Vicki se desmoronó ante aquellas palabras. Se echó a llorar agitadamente y le golpeó el pecho con los puños.

—¡Pero mi madre me dejó con ella! Ella sabía perfectamente cómo era Ada, y aun así me abandonó con ella. A veces odio tanto a mi madre que me asusta.

Y entonces se derrumbó. Si él no llega a sujetarla, hubiera caído al suelo. Caleb la abrazó en su regazo mientras ella lloraba amargamente. Se convulsionaba con tanta fuerza que él llegó a temer por el bebé de su vientre.

Cuando dejara de llorar, él sabría si a ella le quedaba algo de espacio en su corazón lleno de heridas para darle otra oportunidad a él.

Capítulo Diez

Cuando Vicki se despertó, todo estaba oscuro. Gimió al darse cuenta de que estaba sola en el dormitorio. Tenía la nariz taponada, los ojos secos y la boca como si estuviera mascando algodón. Se restregó la cara con las manos, se incorporó lentamente en la cama y fue dando tumbos hasta el aseo.

–Tengo un aspecto horrible –le dijo al reflejo del espejo después de mojarse el rostro con agua fría.

–Estás preciosa –dijo Caleb.

Vicki se giró sorprendida. Él estaba apoyado en la puerta del cuarto de baño vestido con sus pantalones de chándal favoritos.

–Estaba trabajando en el cuarto de invitados –añadió él–. No quería que estuvieras sola cuando despertaras.

Vicki se agarró al borde del lavabo. No estaba muy segura de querer que él la viera en aquellas condiciones, tan vulnerable, tan necesitada.

«Correrás a esconderte, recuperarás el control de ti misma y a la mañana siguiente me sonreirás como si nada hubiera sucedido», le había dicho él. Romper su hábito de comportamiento era dificilísimo.

–Me siento como si se me hubiera rasgado el alma –comentó ella.

–Lo has hecho –respondió Caleb acercándose a

ella y posando sus manos sobre sus hombros–. Dios, nena, me asustaste con tanta ira, tanto dolor… Has estado guardándote todo eso desde que tenías cuatro años. Y te ha ido matando poco a poco –comentó él, y la abrazó.

–Y a ti conmigo –susurró ella, acariciándole una mano.

Él la besó en la mejilla.

–Los dos nos recuperaremos porque ninguno somos de salir huyendo –le aseguró él.

«No como mis padres», añadió ella en silencio.

–No estoy segura de ser tan fuerte como tú crees –confesó ella.

–Deja que sea yo quien juzgue eso. Tú te has convertido en la mujer en la que eres hoy a pesar de que Ada tratara de sofocar tu espíritu. A mí eso me parece un milagro.

Aquellas palabras fueron un preciado regalo para Vicki, la ayudaron a cubrir los vacíos que le habían quedado de la tormenta emocional de la noche anterior.

–Hasta que la muerte nos separe –afirmó ella, y fue una promesa mucho más intensa y firme que la que había pronunciado el día de su boda.

Para sorpresa de ella, él sonrió.

–Si crees que voy a dejarte en algún momento, será mejor que pienses en otra cosa.

Ese comentario jocoso acabó con el ambiente solemne y Vicki se echó a reír y lo abrazó. Él era su marido y su fuerza, pero también su mayor debilidad. Ya era hora de dejar de huir de esa verdad y aceptar lo que implicaba.

Al día siguiente, Vicki decidió que aún tenían un asunto que cerrar. Encontró a Caleb en el garaje cambiándole el aceite al coche. Vicki descubrió encantada que él se había tomado el lunes libre para estar con ella. Lo observó unos instantes y estuvo a punto de suspirar orgullosa. Su hombre era lo más sexy del mundo vestido con aquellos vaqueros desgastados y el torso desnudo, manchado de aceite.

–¿Puedes pasarme ese trapo, cariño? –le pidió él saliendo de debajo del capó.

Ella se lo tendió y observó cómo se limpiaba las manos. Vicki vio su sonrisa y supo en lo que estaba pensando. Negó con la cabeza y dio un paso atrás.

–No hasta que hayamos terminado lo que empezamos anoche.

Él frunció el ceño.

–Creo que ya lo has pasado suficientemente mal para toda una semana.

Que él se preocupara por ella era justo el impulso que ella necesitaba.

–Yo he colocado mis cartas sobre la mesa, ¿y las tuyas?

Una parte de ella le recordó que había un asunto importante que ni siquiera habían empezado a perfilar, pero ahogó esa voz. Después de lo que él le había dicho la noche anterior, ella ya no tenía dudas de que Miranda había desaparecido de su vida. El fin de semana en Wellington había sido un error provocado por la ira y ella podía comprenderlo, por más que le doliera.

Ya era hora de olvidarse de ello y seguir adelante. Por el bien de todos.

–No hay nada que contar –dijo él cerrando el capó.

Ella posó su mano en la espalda de él.

–Por favor, Caleb…

Su vergüenza y su deseo conformaban una mezcla explosiva. Caleb se giró hacia ella obligándola a romper el contacto.

–¿Qué pasa? ¿Esto es una especie de trato? ¿Si tú hablas de ti yo tengo que hablar de mí?

Era la brusca reacción de un animal herido, que no reparaba en el daño que podía causar, y que no quería sufrir más.

Vicki se echó hacia atrás como si él la hubiera golpeado.

–Solo quería ayudarte igual que tú me has ayudado –replicó ella tensa–. Pero es evidente que no conozco las reglas. Siento haber sido tan estúpida como para haber venido creyendo que por fin estábamos preparados para ser una auténtica pareja.

Apretó la mandíbula y comenzó a alejarse. Pero Caleb no pudo evitar su instinto de protegerla del sufrimiento, sobre todo si él era la causa. No le importaba si el precio que tenía que pagar por protegerla era ver cómo se avergonzaba de él. Nada podía haber peor que perder el respeto de ella, pero eso no era excusa para la forma en que él la había atacado, en ese momento y el día anterior. No era excusa para ser cobarde.

–Cariño, no… –dijo él intentando detenerla.

–¿No qué? ¿Que no espere más de ti de lo que estás dispuesto a darme? –le preguntó sin mirarlo–. ¿Que no te pida que confíes en mí?

Él la atrajo hacia sí mientras se apoyaba sobre el coche. Ella se apartó y lo miró a los ojos, más enfadada que triste. Caleb le acarició el brazo.

–¿No puedes aceptar simplemente que hay partes de mi vida de las que no quiero hablar? –preguntó él en un intento desesperado por seguir protegiéndose.

–¿Aceptarías que yo hiciera eso? –replicó ella–. ¿Y si yo te dijera que hay partes de mi vida a las que tienes acceso y otras, las más dolorosas y horribles, que nunca conocerás? ¿Es eso lo que debería haber hecho anoche? ¿Debería haberme escondido de nuevo tras la coraza que tanto odias y no haberte molestado?

Aquellas palabras fueron como una bofetada para Caleb.

–Antes eras más pacífica.

–¿Quieres que esa mujer vuelva?

–¿Bromeas? Esa mujer apenas hablaba conmigo –respondió él sujetándola por la cintura.

Aunque intentó sonar despreocupado, estaba aterrado. ¿Y si Vicki no volvía a mirarlo de la misma forma nunca más al enterarse de su secreto?

Después de unos instantes, ella sonrió.

–¿Cuándo has aprendido a ser tan encantador?

Era algo que nadie le había atribuido nunca.

–Cuando he descubierto que siempre quieres más de mí –respondió, él y se dijo que tenía que tener fe en que ella nunca le había menospreciado.

Pero en ese momento, el adulto razonable no era quien mandaba en él, sino el niño vulnerable que había crecido siendo tratado como si fuera una lacra.

La risa de ella inundó el garaje, destruyendo la ira que se había instalado en el ambiente momentos antes.

–Cuéntamelo, Caleb. Si no conozco tu historia, sentiré que te estoy defraudando y ya he tenido suficiente de eso, no quiero más. Compártelo conmigo, por favor.

Sus últimas palabras fueron un ruego tan sentido que él no pudo negarse. Respiró hondo y comenzó a hablar, confiando en su esposa como nunca había confiado en nadie.

–Tú has conocido a mis padres, has visto cómo viven, conoces su filosofía de vida.

–El arte lo es todo y las reglas son para los demás –afirmó Vicki, resumiendo el credo por el que se regían Carmen y Max.

–Eso incluye las reglas sobre fidelidad y lo que significa el matrimonio. Tenían un matrimonio muy abierto antes de que yo fuera concebido.

Caleb vio que a ella se le iluminaba la mirada al comprender.

–¿Tenían otros amantes? –preguntó ella.

Su integridad respecto a la fidelidad era una de las cosas que más le gustaban a él de Vicki. Ella había querido divorciarse de él, pero él estaba seguro de que ni una sola vez se le había ocurrido engañarlo.

–Sí –contestó confirmando sus suposiciones–. Aparentemente eran muy maduros al respecto. Mi madre se quedó embarazada después de haberse acostado a la vez con Max y con otro hombre. No supo quién era el padre hasta que yo nací.

Caleb se sonrojó al confesar su mayor vergüenza y dolor.

–Max lo aceptó bien y apoyó a mi madre. En la superficie, todo parecía marchar bien. Pero cuando yo nací y fue evidente que no era hijo suyo, él no pudo fingir más y se sintió traicionado. Incluso cuando yo era un bebé, no podía soportar verme.

¿Cómo podía nadie vivir aceptando que el hombre que lo educaba como si fuera su padre solo lo veía como un odioso error?

–Nunca me ocultaron mi origen y enseguida supe por qué él me detestaba.

–¿Y tu madre?

–Ella tuvo que tomar una decisión en cuanto supo que estaba embarazada y decidió quedarse con mi padre. A mí me dejaron a mi aire. No había violencia en nuestra familia, pero tampoco amor.

Incontables veces, cuando él entraba en una habitación, Max salía de ella. No lograba comprender cómo su padre había sido capaz de comportarse así con un niño que no tenía culpa de nada y que le habría adorado a poco que se lo hubiera permitido. Le resultaba patético lo mucho que había ansiado que Max lo quisiera.

–Yo quería que mi padre estuviera orgulloso de mí, pero al cabo del tiempo me di cuenta de que nada de lo que yo hiciera le haría feliz. Yo soy el recuerdo viviente de que otro hombre tuvo sexo con su esposa y él no solo lo permitió, sino que participó en ello. Nada de lo que yo pudiera hacer borraría ese hecho.

–Cariño… –dijo Vicki, y lo besó dulcemente–. ¿Cómo pudieron hacerte eso, culparte a ti de sus elecciones? Tú eras un bebé, eras inocente.

Al ver sus ojos azules llenos de indignación por él, Caleb sintió que sus heridas, sepultadas durante tanto tiempo, comenzaban a aflorar a la superficie con una dolorosa furia. Pero también sintió que la esperanza se colaba entre el dolor.

–Quizás hubiera sido mejor si mi padre biológico hubiera sido un extraño, pero era el mejor amigo de Max. Y nos parecíamos como dos gotas de agua.

–¿Lo conociste?

–Él se pasaba alguna vez al año para ver a «su chico». Yo odiaba esas visitas porque, cuando se marchaba, todo se ponía mucho peor. Te juro que a veces Max deseaba poder acabar conmigo para siempre para no verme más.

Ella ahogó un grito y lo abrazó fuertemente.

–¿Y por qué no te fuiste a vivir con tu padre biológico?

–¿Con Wade? Wade es un vividor, un alcohólico sin un lugar donde caerse muerto y sin más posesiones que una guitarra desafinada. La auténtica razón por la que nos visitaba era porque sabía que podía lograr algunos dólares de Carmen cuando Max no miraba. Llevo casi diez años sin verlo, aunque Lara me ha comentado que está liado con alguien del sur del país.

–¿Y qué sucede con Lara?

–Es lo que más me duele de todo. Cuando éramos pequeños, yo era quien cuidaba de ella, me aseguraba de que comiera y se bañara. Pero conforme fuimos creciendo y ella se dio cuenta de que era la preferida de la familia, comenzó a imitar a Carmen y a Max. Y después de un tiempo ya no imitaba a nadie, había asumido la actitud.

A Caleb se le había partido el corazón al ver el rechazo en los ojos de la niña a la que había cuidado con tanto esmero. Ella era quien le había hecho más daño.

Y esa era su sórdida historia: había sido concebido

en plena lujuria, tenía un padre biológico que era un inútil y un alcohólico, un padrastro que lo detestaba y una madre que había decidido abandonarlo a nivel emocional.

Y aun así, él se había atrevido a soñar con encontrar a alguien puro y luminoso, alguien que estuviera al margen de aquella historia tan escabrosa.

Durante su matrimonio, él había agradecido que Vicki no conociera la verdad de sus orígenes. Había conocido sus raíces, cierto, pero no todo el alcance de su vergüenza. Él no deseaba que ella se avergonzara de ser la esposa de Caleb Callaghan, no quería destruir el brillo de sus ojos. Y entonces ella le sorprendió con su respuesta.

–Somos iguales –susurró ella–. Yo sí soy hija biológica de mis padres, pero es por casualidad. Se engañaban mutuamente todo el rato. Mi abuela echaba la culpa únicamente a mi madre, pero yo escuchaba los chismorreos de nuestros sirvientes. Mi padre era conocido, y aún lo es, por su afición a las secretarias jóvenes.

Vicki se encogió de hombros y continuó:

–Por lo menos, ellos decidieron divorciarse y no me hicieron la vida imposible manteniéndome en medio de su infierno privado.

–No, para eso ya estaba Ada –comentó él furioso por el dolor que le habían infligido a ella, y aún más sorprendido porque ella considerara que estaban al mismo nivel–. Hubieran hecho mejor metiéndote interna en un colegio. Así al menos no habrías crecido soportando un maltrato emocional constante.

Para sorpresa de él, Vicki rio y lo abrazó.

–Gracias por enfadarte por mí. Entonces yo puedo

enfadarme por ti. No te preocupes, Caleb, ya no habrá más sufrimiento para ninguno de los dos. He marcado nuestro territorio. Nos aseguraremos de que los hijos de Lara no están descuidados, pero los demás tendrán que buscarse la vida por ellos mismos. No voy a permitir que sigan actuando como si tuvieran derecho a exigirte dinero y apoyo, cuando lo único que te han proporcionado ellos ha sido sufrimiento.

Caleb nunca se habría imaginado que un día su esposa se erigiría como su protectora, ni que aceptaría su secreto más oscuro con sencillez, ayudándolo a él a hacer lo mismo.

El dolor del rechazo de sus padres no desaparecería de la noche a la mañana, pero él sabía que ya no volvería a ser tan agonizante. Él se sabía aceptado por la persona que más le importaba y que merecía su respeto, alguien a quien adoraba.

–Gracias, cariño.

–No tienes por qué darlas. Tú me protegerás de Ada y yo te protegeré de Carmen, Max y Lara. ¿Trato hecho?

Él sonrió y dio gracias a Dios por aquella mujer. Era evidente que ella estaba aún recuperándose de su propio trauma, pero también lo era su feroz deseo de que él fuera feliz.

–Trato hecho.

El martes, Vicki mandó a Caleb al trabajo con un beso y una sonrisa, recreándose en poder hacerlo sin tener que preocuparse de si estaba haciendo o no lo correcto.

–Ven a casa a la hora de cenar –le ordenó ella.

–Sí, señora –contestó él, la besó y se dirigió al coche más feliz de lo que ella le había visto nunca.

Vicki rio y luego entró en casa para comenzar su trabajo en la organización benéfica. «Mi trabajo», pensó. Su cuerpo estaba más relajado que nunca, era como si se hubiera quitado un tremendo peso de encima, igual que Caleb.

Entre ellos seguía habiendo sombras, pero no tenían nada que ver con la oscuridad de antes. Quizás algún día ella reuniera el valor para plantearle el tema de Miranda, pero ya que por el momento se habían convertido en una unidad sólida, le parecía una tontería sacar el tema. Ya estaba hecho y, dada la importancia que tenía la fidelidad para Caleb, seguramente él se había castigado mil y una veces por su desliz. Por el bien del bebé, ella tenía que borrar de su interior ese dolor y concentrarse en asuntos más productivos, como su nuevo empleo.

Comenzó a leer algunos de los informes que le había enviado Helen. Ciertamente los proyectos necesitaban mucho dinero y de momento se mantenían con lo mínimo, rezando para poder continuar. Era necesario conseguir aportaciones de dinero regularmente.

Vicki comenzó a anotar nombres en una hoja de papel. Conocía a gente que conocía a otra gente que tenía influencia en las altas esferas de los lugares más importantes. Quizás tantos años de ser la perfecta dama de sociedad iban a dar su fruto.

***

Caleb terminó su trabajo en tiempo récord y logró llegar a casa antes de las seis. No quería defraudar a Vicki, sobre todo después de lo que habían vivido el fin de semana. Por otro lado, una parte de él quería asegurarse de que ella no había cambiado de opinión respecto a él. Se sentía incómodo en ese estado tan vulnerable, pero sabía que la mirada de bienvenida de Vicki lo ayudaría a soportarlo.

Sin embargo, cuando entró en su casa encontró a Vicki en su estudio y sin rastro de cena por ningún lado. Después de reaccionar con irritación, encargó comida china por teléfono y se encaminó al estudio de ella. Era una habitación que le desagradaba porque no le reportaba buenos recuerdos. Vicki solía encerrarse allí en el pasado, cuando le dejaba fuera de su vida.

–¿Estás ocupada? –le preguntó desde la puerta.

Ella levantó la vista sorprendida.

–¡Ya estás en casa! ¿Qué hora es?... ¡Oh, Dios mío! Dame unos minutos para preparar algo de cenar.

Él la detuvo cuando se apresuraba a salir por la puerta.

–Preferiría que emplearas ese tiempo en besarme. Ya me he ocupado yo de la cena.

Sintiéndose culpable, Vicki apoyó la cabeza en el pecho de él.

–He perdido la noción del tiempo. Este trabajo de recaudar fondos es tan interesante… He estado recolectando algunas ideas. Me encantaría que me contrataran después del mes de prueba.

Él nunca la había visto tan emocionada.

–Cuéntamelo mientras cenamos –le dijo él, y la besó tal y como había soñado todo el día.

Ella suspiró y le devolvió el beso justo como sabía que a él le gustaba. Caleb gimió y se abrazó a ella con más fuerza mientras sentía aumentar su erección. Ni cena ni nada, lo que él quería era alimentarse del hermoso cuerpo de su esposa. Y a un nivel mucho más amplio que el sexo. Sin el contacto físico entre ambos, los dos tendrían dificultades para sanar a nivel emocional. Él lo había aprendido por las malas, cuando había reprimido su propia naturaleza sensual.

Caleb decidió abrir su corazón un poco más.

–Odio esta habitación –le susurró al oído a Vicki.

–¿Por qué? –le preguntó ella mientras le quitaba la corbata y le desabrochaba el cuello de la camisa.

–Solías esconderte de mí aquí.

Caleb aún no se había recuperado del rechazo de su esposa, de saber que ella no podía soportar su presencia, y temía que ella volviera a encerrarse en su coraza si él le exigía demasiado.

–¿Quieres fabricar recuerdos nuevos? –le preguntó con una sonrisa, y lo besó en el cuello–. A mí también me vendría bien tener más recuerdos felices. Creo que nos hacen falta unos cuantos.

–Tendrán que ser muy ardientes –comentó él sintiendo que algo en su interior se iluminaba.

Deslizó sus manos bajo el suéter de ella y ella levantó los brazos y lo animó a que se lo quitara. Caleb se recreó entonces en su sujetador.

La mirada de ella era incitante, pero sus acciones eran lo más excitante de todo. Le desabrochó la camisa lentamente y se la abrió.

–Eres tan perfecto, Caleb, que a veces me parece que has salido de mis sueños.

Nadie le había dicho nunca nada tan maravilloso. Ninguna mujer le había mirado como si él pudiera cubrir todos sus deseos. Vicki no solo estaba aceptándolo tal y como era, le estaba dando las gracias por ser parte de su vida.

Caleb comenzó a quitarle el sujetador y justo en ese momento sonó el timbre de la puerta.

–La cena, qué inoportuna –murmuró él–. Quédate aquí, quiero cenarte a ti.

Caleb se abrochó la camisa y se dirigió a la puerta. Sabía que, a pesar de habérselo pedido, Vicki se taparía de nuevo. Por eso le sorprendió tanto encontrársela en el sofá… desnuda. Y él sabía que era una invitación exclusivamente para él.

Dejó la comida y se arrancó los botones de la camisa del ímpetu de querer quitársela. Ella resultaba tan tentadora que quería comérsela entera, desde la punta del pelo hasta los dedos de los pies.

–¿Y esto por qué? –le preguntó.

–Por los recuerdos ardientes –respondió ella ruborizándose.

Él sabía lo difícil que eso resultaba para ella, el esfuerzo que le suponía liberarse de todo lo que le había inculcado su abuela durante años, lo asustada que debía de estar por si hacía algo que lo alejara de ella. Él nunca había imaginado que ella se atrevería a exponerse al rechazo tan poco tiempo después de haber empezado a romper su coraza. Y sin embargo, lo estaba haciendo, por él, por ellos dos y el bebé.

Él posó una mano en el vientre de ella, cerca del triángulo entre sus piernas.

–Esto es más que ardiente. Estás quemándome vivo.

Ella señaló sus pantalones confusa.

–¿Por qué no te los quitas?

–Porque creo que mi valiente esposa se merece todo el placer del mundo y, si me quito los pantalones, me temo que no duraré mucho –respondió él deslizando la mano entre las piernas de ella y acariciándola suavemente.

Ella contuvo el aliento.

–Hay mucha luz.

–La luz es perfecta –replicó él, deleitándose en el placer de contemplar su cuerpo–. Quiero ver cómo alcanzas el orgasmo gracias a mí.

Él nunca la había hablado de forma tan erótica, nunca había sentido la confianza de que ella lo aceptaría. Incluso en aquel momento, estaba pendiente por si ella daba signos de estar incómoda.

Vicki tragó saliva y separó las piernas ligeramente. El aroma de mujer de ella lo excitó. Ella observó cómo la estudiaba con la mirada y sintió que el corazón se le aceleraba. Entonces le agarró una de las piernas y la abrió hasta que el pie tocó el suelo.

–Engancha la otra pierna en el respaldo del sofá –le pidió él, dudando de si estaría pidiéndole demasiado–. Quiero verte abierta para mí, húmeda y preparada para recibirme. Quiero ver lo que saboreo.

Para sorpresa de él, ella se echó a reír.

–¿Podemos hacerlo poco a poco?

Él nunca había soñado que llegarían tan lejos, física y emocionalmente. La confianza que se había ido forjando entre los dos en los últimos días estaba extendiéndose a todas las facetas de su vida. ¿Adónde les conduciría?

–Claro, iremos paso a paso –contestó él, y abrió ligeramente más la pierna que llegaba al suelo.

Con una mano le acarició la parte interior del muslo y la oyó gemir y agarrarse al sofá. Caleb repitió la caricia y el respingo que dio ella lo significó todo para él. Por fin Vicki comenzaba a hablarle en la cama, comenzaba a comunicarse con él con su cuerpo.

–Voy a besarte –le advirtió él mirándola a los ojos–. Voy a saborear cada centímetro de ti. Y luego voy a penetrarte.

Ella tragó saliva y empezó a subir la otra pierna por el respaldo del sofá. Caleb estaba tan excitado que creía que su miembro iba a romperse. Ayudó a Vicki a subir la pierna. Ella había cerrado los ojos, como si fuera demasiado para ella ver cómo la contemplaba arrobado.

A Caleb le temblaban las manos. Inspiró hondo y se permitió contemplar lo que ella le ofrecía. El deseo le hizo estremecerse violentamente. Gimió y, sujetándola por las nalgas, se inclinó sobre ella. Vicki se estremeció al sentir su aliento cálido en su centro más íntimo y todo su cuerpo se tensó anhelante. Él sacó la lengua y la acercó al botón escondido entre sus rizos.

Vicki gritó de placer y fue como una explosión para él. Caleb se concentró en su tarea concienzudamente, saboreando su dulce carne como el mayor de los manjares.

–¡Caleb! –exclamó ella a punto de alcanzar el clímax.

–Sí, cariño, suéltate para mí –respondió él sin apartarse de su centro íntimo.

Continuó acariciándola con la boca y le arrancó

otro grito mientras su cuerpo se convulsionaba al llegar al orgasmo. Caleb se apartó ligeramente de ella y la observó estremecerse bajo sus caricias profundas, con la espalda arqueada, los senos brillantes de su saliva y los pezones enhiestos, mientras ella recorría el camino del placer supremo hasta quedarse sin aliento.

Solo cuando vio que jadeaba para recuperarse, Caleb se puso en pie y se desvistió. Se colocó entre sus piernas y le hizo rodearle las caderas con ellas. Estaban en la posición perfecta para disfrutar de nuevo.

Ella abrió los ojos un segundo justo antes de que él la penetrara, lenta y profundamente. Era muy consciente de que ella contenía otra vida en su interior y tuvo mucho cuidado, moviéndose en su interior lentamente, una y otra vez, hasta que Vicki gritó de placer de nuevo y él la siguió gustoso hasta el otro lado.

Capítulo Once

–Me encanta esta habitación –le susurró Caleb al oído mientras le ofrecía su camisa.

Ella se ruborizó mientras se la ponía.

–Caleb, eso ha sido… No puedo creerlo… Anda, ve por la comida.

Él sonrió, la besó una vez más y recogió la comida de la caja tirada en el suelo. Vicki se recreó contemplando aquel hermoso cuerpo desnudo. Él la miró y enarcó una ceja.

–No me mires así. Has acabado completamente conmigo, mujer insaciable –le advirtió él mientras le daba la caja y buscaba sus calzoncillos y pantalones.

–¿Estás seguro? –bromeó ella, y quiso gemir al verle con los pantalones y el torso desnudo.

Su marido era el hombre más sexy que ella había conocido nunca, y lo deseaba ardientemente. Su cuerpo estaba saciado, pero seguía queriendo tocarlo, adorarlo. Siempre le había deseado con tanta intensidad.

Él se sentó junto a ella.

–Aliméntame –le provocó él maliciosamente.

–Está frío –comentó ella abriendo una ración de arroz frito.

–Y tú estás muy caliente –replicó él mordisqueándole el lóbulo de la oreja.

Ella rio y le puso el envase en las manos.

–Compórtate –le dijo, pero no hablaba en serio.

Lo último que deseaba era que su marido «se comportara», que volviera a la distante formalidad.

Entre ellos había surgido una profunda lealtad, un compromiso que ella aún no estaba preparada para explorar. Pero al menos ella ya no se escondía de las necesidades de él ni de las suyas mismas.

Mientras cenaban, la conversación se centró en las ideas que Vicki tenía para su trabajo. Caleb quería formar parte de esa nueva parcela de su vida. Ya no habría barreras entre ellos, por más que él se sintiera expuesto y vulnerable. Prefería eso a la agonía de sentirse solo y aislado.

–Así que si logramos ese espacio en el programa de radio, quizás podamos atraer a la gente que más necesitamos –comentó ella terminando el cerdo agridulce.

–Parece que vas a estar muy ocupada.

La alegría se le desvaneció del rostro a Vicki.

–¿No crees que pueda funcionar, que pueda trabajar además de tener al bebé? Quiero decir, hoy es mi primer día en este empleo y ya se me ha olvidado la cena…

Él la hizo callar con un beso.

–No me refería a nada de eso. Funcionará. No eres *superwoman*, así que contrataremos a una cocinera y asistenta del hogar, pero funcionará.

–Pero nada de niñeras –afirmó ella muy seria–. Yo seré quien críe a nuestra hija.

–Nada de niñeras –concedió él.

Vicki respiró hondo.

–Caleb, sé lo importante que es para ti que yo esté en casa, así que gracias por apoyarme en esto.

Él se sorprendió.

—Yo nunca quise que tú fueras ama de casa si no era lo que deseabas.

—Pero sí que lo preferías, reconócelo.

Él se lo pensó unos instantes y recordó sus fantasías de adolescente sobre su esposa y su familia perfectas. Era cierto, la esposa de sus sueños era ama de casa. Vicki había recuperado de lo más profundo de él algo que él había sepultado al olvido.

—Me agrada que estés en casa, pero solo si a ti te gusta. Lo único que deseo es que seas feliz.

Caleb estaba intentando sonar alentador, aunque le preocupaba que, cuanto más se involucrara ella en su trabajo, menos tiempo tendría para él y su hija. El niño que había dentro de él, el que había sido dejado de lado en la vida de todo el mundo, no era fácil de acallar.

—¿Sabes? Por primera vez en mucho tiempo, estoy empezando a sentirme a gusto conmigo misma, como si yo mereciera la pena —le confesó Vicki apoyando los codos en sus rodillas.

Él frunció el ceño.

—Para mí mereces la pena.

Ella esbozó una sonrisa de cierta amargura.

—Hasta hace unos días, creía que yo era lo último en tu vida —comentó ella, y le detuvo antes de que replicara—. No estoy culpándote. Esto tiene que ver con cómo me veo yo a mí misma, no cómo me ves tú.

—¿Y cómo te ves tú? —le preguntó él.

Sin presionarla, ella iba a contarle sus secretos.

—No estoy orgullosa de quién soy, quiero ser una mujer con objetivos en la vida, con sueños y ambiciones —dijo ella, y en su mirada había tanta determinación que impresionó a Caleb–. Quiero vivir, Caleb. Quiero poder revisar mi vida sin lamentarme de nada.

A él se le encogió el corazón.

–¿Por qué nunca dijiste nada antes?

–Al principio estaba a gusto con la situación –comenzó ella asiéndole una mano y tranquilizándole un poco–. Era agradable dejarse cuidar. Nadie se había hecho cargo de mí sin por ello hacerme sentir como una carga.

–Pero tú nunca has sido una carga para mí.

Para él, ella era un regalo, una criatura llena de gracia que había reparado en él.

–Lo sé. Eso era lo más seductor de todo. Me dije a mí misma que estaba a gusto dejándome cuidar y dedicándome simplemente a existir –continuó ella apretándole la mano–. Pero debería haberte cuidado yo a ti también, tú necesitabas que te cuidaran tanto como yo.

–¿Cómo ibas a saber tú nada de Max? –le preguntó Caleb frunciendo el ceño–. Yo era demasiado terco para hablarte de él.

–¿No te das cuenta? Aunque Max hubiera sido el padre perfecto, yo, como esposa tuya, debería haber cubierto tus necesidades, fueran cuales fueran. Pero no lo hice. Te dejaba todo el trabajo a ti mientras yo me sentaba en un rincón –dijo ella e intentó sonreír–. Me parece que en eso estoy mejorando.

–En eso eres perfecta –le aseguró él.

–Pero no puedo construir toda mi vida alrededor de ti, eso no es sano. Te agobiaría a ti y negaría mis propias cualidades. Quiero conseguir cosas en la vida por mí misma. Quiero apasionarme con algo tanto como tú con tu bufete.

–¿Y nosotros? Me refiero a nosotros como pareja, ¿no puede ser esa tu pasión? –le preguntó él llevándose la mano a la boca y besándole los nudillos–. Juntos hacemos arder todo.

Ella se ruborizó.

–Es cierto. Y no lo cambiaría por nada del mundo…

–Pero necesitas algo más.

Algo que él no podía darle, pensó Caleb mientras asimilaba ese golpe para su ego. Él nunca detendría a Vicki de hacer lo que ella deseara, pero no comprendía por qué no le bastaba con ser su esposa y la madre de su hija.

–Es la misma razón por la cual tú vas a trabajar cada día –susurró ella–. Estás viviendo tu sueño. Eso es lo único que yo quiero, un sueño propio.

Caleb sintió que se le partía el corazón. Se había concentrado en cómo le afectaba ella, cuando debería haber prestado atención a lo que ella llevaba diciéndole desde que habían vuelto a vivir juntos. Su Vicki no había tenido nunca la oportunidad de averiguar cuáles eran sus sueños. ¿Qué derecho tenía él a negarle el gozo de perseguirlos?

–Entonces, adelante, lánzate a buscarlos.

Ella no podía hacerse una idea del esfuerzo que le costaba decir esas palabras. Después de la vida que había tenido, él era de lo más posesivo. Consideraba que ella era suya, era la única persona en su vida que había sido suya. Pero en realidad nunca había sido así. Esa mujer había sido una sombra de la que estaba empezando a mostrarse últimamente.

Esa nueva mujer que él iba conociendo poco a poco

tendría que decidir si quería o no ser suya, tanto en cuerpo como en alma. ¿Y si ella decidía entregar su pasión a algo que no fuera él, dejándole a él las migajas? Un hombre bueno y que no fuera egoísta hubiera dejado que ella abrazara su nueva pasión sin ponerle trabas. Pero Caleb descubrió que, en lo relativo a su esposa, él era un egoísta. Aunque dejaría que ella fuera en busca de sus sueños, lucharía por convertirse en su única pasión.

Al día siguiente, Vicki estaba sola en casa cuando le telefoneó su abuela. Ada quería saber por qué Caleb y ella no habían ido a visitarla desde que habían vuelto a vivir juntos.

–Hemos estado muy ocupados –se excusó Vicki sintiéndose incómoda.

–Sé que él es un hombre ocupado, pero tú podrías haber encontrado un rato –replicó Ada, que sabía qué decir para hacer daño.

–Tengo un empleo.

Ada soltó una carcajada.

–¿Y qué es, algo de beneficencia? De verdad, Victoria, yo llevo haciéndolo toda mi vida.

Vicki no quería manchar sus esperanzas sometiéndolas al examen de Ada.

–Lo sé.

–Entonces cenáis esta noche aquí a las siete. Le diré a la cocinera que prepare algún plato italiano, sé que a Caleb le gusta la cocina italiana –dijo Ada, y colgó.

Vicki gimió y hundió la cabeza entre las manos. ¿Por qué se dejaba avasallar por su abuela de aquella manera? Ella no era un ser débil, lo había comprobado continuamente en los últimos días. Pero era como si todos los años vividos bajo el sofocante control de Ada la hubieran marcado para siempre. Cuando su abuela había comenzado a agobiarla, ella se había metido en su coraza protectora, algo que había creído que no volvería a necesitar.

Llamó a Caleb y le contó lo que había sucedido.

—Lo siento, no he podido decirle que no —se disculpó haciendo una mueca por lo patética que resultaba—. He vuelto a comportarme con un cangrejo ermitaño.

Para su sorpresa, él se echó a reír.

—Siempre y cuando no te comportes así conmigo, puedes recaer de vez en cuando en tu hábito.

—Me siento como si cualquiera pudiera tomarme el pelo.

—No seas tan dura contigo misma, cariño. Tanto tú como yo tenemos nuestros puntos débiles. ¿Quién ha dicho que tengamos que enfrentarnos a ellos nosotros solos? Tú mantendrás a raya a Lara, y yo me haré cargo de Ada.

Al ver las ganas de él de aceptarla como ella era, Vicki se sintió mejor.

—¿Quieres ir a la cena?

—Será mejor que lo hagamos. Ada no te dejará en paz hasta que lo consiga. Y además, ¿sabes qué? Convenceré a esa vieja urraca para que haga un generoso donativo a Heart.

Vicki se echó a reír.

—No puedo creer que estés diciendo eso.

—Creí que estaba siendo amable. Pero de nuevo, tú eres la única persona con la que quiero ser amable —dijo él con una risita tan pecaminosa que la hizo encenderse de deseo–. No voy a tener tiempo de cambiarme, así que Ada tendrá que aceptarme como soy.

Vicki dudó unos instantes y luego se lanzó valientemente.

–Eres muy sexy tal y como eres.

Hubo un breve silencio.

–No puedes decirme algo así cuando estoy en mitad de redactar un memorándum. Creo que acabo de confundirme al escribir el nombre del cliente –dijo él con voz ronca recordando los placeres que habían compartido la noche anterior.

–Ven a casa a comer –le susurró ella escandalizándose a sí misma.

¿Quién era esa mujer que provocaba a su marido tan abiertamente? Caleb gimió.

–Tengo una reunión a la una en las afueras de la ciudad.

Vicki sintió que su floreciente sensualidad era cortada de raíz.

–Entonces te veré sobre las seis y media.

–Hasta luego, cariño.

Cuando llamaron la puerta un poco antes de las doce, Vicki pensó que sería un repartidor, por eso ahogó un grito al encontrarse a Caleb en la puerta.

–Tengo veinte minutos antes de marcharme a la reunión –anunció él cerrando la puerta de un portazo y besando a Vicki apasionadamente.

Ella gimió y le correspondió, y no protestó cuando él le acercó las manos a sus pantalones de chándal. Su cuerpo se había puesto a cien en décimas de segundo. Él le bajó los pantalones y las bragas al mismo tiempo y rompió el beso el tiempo necesario para inclinarse y ayudarla a quitarse la ropa. Luego se irguió y la sujetó por las nalgas. Ella se abrazó a él con brazos y piernas mientras él la levantaba y la apoyaba contra la pared.

Entonces Vicki le agarró el rostro y lo besó ardientemente, con tanto deseo que creía que iba a explotar. No había tiempo para temores ni inhibiciones. Le mordisqueó el labio inferior y sintió que él daba un respingo. Él acercó su mano a sus pliegues íntimos y al cabo de un instante ella sintió que estaba a punto de alcanzar el orgasmo. Introdujo dos dedos dentro de ella, profundamente, y ella gritó de placer y se agarró fuertemente a él. Entonces él apartó su mano y, al instante siguiente, sintió la punta de su erección lista para introducirse dentro de ella.

–Estás tan caliente, cariño, tan prieta…

Ella no dijo nada, no podía hablar, su cuerpo empezó a estremecerse incluso antes de que él la hubiera penetrado completamente. Él gimió y empujó hasta lo más hondo. Vicki no necesitó más, tuvo un orgasmo tan intenso que vio las estrellas. Caleb dio un grito y comenzó a salir y entrar en ella con movimientos potentes y precisos. Y al mismo tiempo ella advirtió que, en medio de su pasión, él la sujetaba delicadamente para que no se golpeara con la pared.

Y entonces ella dejó de pensar y se convirtió en una criatura toda sensación y placer.

Cuando abrió los ojos, instantes más tarde, encontró a Caleb desplomado sobre ella con la cabeza apoyada en su cuello. Tenía la camisa arrugada y húmeda de sudor y el cuerpo le ardía. Vicki le acarició el pelo y él la besó en el cuello. Luego la miró a los ojos y ella vio tal gozo en su mirada que se sintió más satisfecha que nunca. Miró el reloj de la cocina.

–Te quedan doce minutos para darte una ducha y comer algo –comentó ella sin dejar de acariciarle el cuerpo y el rostro.

Lo amaba, y él por fin estaba tratándola como su esposa, la mujer que podía acoger todo lo que él tenía para dar.

Él gimió y se separó de ella. Luego la besó y la agarró de la mano.

–¿Vamos a la ducha?

Ella lo miró con los ojos muy abiertos.

–Voy a hacer que llegues tarde –protestó, pero se dejó llevar hasta el cuarto de baño.

Una vez allí, se desvistieron el uno al otro en apenas un minuto y se metieron bajo el agua.

Él hizo ademán de agarrar el jabón, pero ella se le adelantó.

–Tú eres quien tiene prisa –se excusó ella, enjabonándose las manos–. Voy a restregarte la espalda.

Vicki se obligó a no detenerse en exceso en aquella tarea, aunque se moría por recrearse en ella. No era exactamente como había imaginado su fantasía, pero tendría que servirle igualmente.

–Hecho –anunció ella, y vio que Caleb comprobaba la hora en su reloj.

–Ocho minutos, aún me queda tiempo –dijo, y comenzó a torturarla.

Vicki se preguntaba cómo era posible que lo deseara de nuevo después de la pasión que la había abrasado en el pasillo. Las manos de él, enjabonadas y resbaladizas, estaban por todo su cuerpo. Las deslizó entre sus muslos y la llevó sin esfuerzo hasta un segundo orgasmo en menos de veinte minutos. Vicki sintió que las piernas no le sostenían.

–Acabé –anunció él mientras ella se desplomaba en sus brazos–. Me quedan seis minutos.

Vicki se obligó a apagar la ducha y salió de la bañera. Se envolvió en el albornoz.

–Voy a calentarte la comida –dijo, y escapó de él por poco, riendo.

Tres minutos más tarde, Caleb entraba en la cocina con una ropa casi idéntica a la que llevaba antes. Sonreía maliciosamente.

–Si regreso a la oficina con otro aspecto, la gente se preguntará dónde he estado.

Vicki sintió que le ardían las mejillas y le indicó que comiera. Él terminó el plato en un tiempo récord y, cinco segundos antes de cumplirse los veinte minutos, estaba en la puerta listo para marcharse. Incapaz de resistirse, ella le rodeó el cuello con los brazos y lo besó hasta quedarse sin aliento. Cuando se separó de él, Caleb tenía un brillo en la mirada que ella nunca le había visto antes. Su marido empezaba a regresar a casa en cuerpo y alma.

–Quédate con esa idea –le susurró él abriendo la puerta.

–Estaré esperándote –contestó ella, y se quedó mirándolo hasta que su coche desapareció por la carretera.

Vicki cerró la puerta con una enorme sonrisa en el rostro. No podía creer lo que acababa de hacer. No solo había tenido la relación sexual más rápida y salvaje de su vida, además se habían duchado juntos. Eran dos de sus fantasías y habían sucedido en los últimos veinte minutos. No estaba nada mal.

A las seis y media, Vicki estaba esperando que llegara Caleb para ir juntos a casa de Ada cuando él telefoneó.

–Lo siento, cariño, tengo que quedarme en la oficina.

La frustración se apoderó de ella.

–Iré sola entonces.

–No lo harás, yo cumplo mis promesas –dijo él suavemente–. He logrado librarnos del compromiso. Iremos a cenar con Ada el domingo, los dos juntos.

Vicki esbozó una sonrisa.

–¿Cómo lo has conseguido?

–Mintiendo como un bellaco –dijo él sin ningún remordimiento–. Intentaré estar en casa a las nueve.

–Te veré entonces –se despidió Vicki y colgó el teléfono feliz.

Caleb no solo estaba aprendiendo a relajarse un poco respecto a su trabajo, además estaba aprendiendo a comprenderla a ella.

El viernes por la noche, Vicki admitió que había cometido un tremendo error. Eran las tres de la madrugada cuando oyó el coche de Caleb en el exterior. Parecía que, al haber aceptado ella que llegara tarde la primera noche, él había vuelto a sus días de adicción al trabajo; había estado trabajando hasta tarde todos los días de la semana.

Vicki había terminado varios trabajos para Heart en

el tiempo que había estado despierta esperando a Caleb. Fue a la cocina, sirvió dos tazas de café y las llevó al salón decidida a tener una conversación con Caleb.

Pero sus prioridades cambiaron al ver entrar a Caleb por la puerta. Algo debía de ir muy mal, la mirada de él era sombría.

–¿Qué ha sucedido? –le preguntó mientras se acercaba a ayudarlo con el abrigo.

Él se lo dio y luego se desplomó sobre el sofá como si no le quedaran fuerzas. Vicki se sentó a su lado preocupada.

–Caleb, cariño, ¿qué ocurre?

–Es solo que estoy cansado –respondió él con la vista perdida en la pared.

–No –dijo ella obligándolo a mirarla–. No vas a volver a hacerlo. No vas a volver a guardarte secretos que te hieren.

–No quiero que te preocupes en tu estado, no quiero que nada te haga daño –dijo él con tanta ternura que a Vicki se le partió el corazón.

–¿Sabes lo que más me hiere? Que me niegues partes de tu vida. No me lo hagas de nuevo, Caleb –dijo ella con la voz temblorosa de la emoción.

Él la miró desde su infierno particular y abrió los brazos para acogerla. Ella se acurrucó contra él preguntándose si confiaría en ella y le contaría lo que le atenazaba, si daría el siguiente paso para construir su relación. Una relación de iguales, donde los dos se responsabilizaban del otro en igual medida.

Él le explicó que uno de sus clientes había ocultado parte de la información sobre el estado de sus finanzas a su comprador y eso estaba creándole problemas al bufete. Aunque ellos no tenían por qué saber de finanzas era su responsabilidad que todo estuviera en orden, y con ese problema su imagen peligraba, y con ello su negocio entero.

–Bueno, pues si eso sucede, tú y yo comenzaremos de nuevo, aunque eso signifique que yo tenga que ser tu secretaria –le aseguró ella con una sonrisa–. Sin lamentos.

Caleb sintió que se le quitaba un peso de encima y dio gracias a Dios por tenerla. Uno de sus compañeros estaba recibiendo mucha presión por parte de su esposa porque ella no quería perder el ritmo de vida al que se había acostumbrado. Pero Vicki no era así.

–Tengo fe en ti, saldrás adelante –le dijo ella mientras le acariciaba la mandíbula–. ¿Puedo ayudarte de alguna manera?

–Gracias, cariño, pero a menos que logres convencer a mis clientes de que no nos dejen hasta que arreglemos esto, tendremos que arreglarlo mi equipo y yo.

–Tengo una idea –comentó ella.

–¿Debo preocuparme? La última vez que dijiste eso, me pasé los dos meses siguientes viviendo en un hotel.

–Bueno, tú colaboraste en eso, la verdad –replicó Vicki antes de pensar lo que decía.

Era el peor momento para sacar el tema, pero había perdido el control, algo en el comentario de él le había hecho saltar.

–No he sido un marido ideal, ¿eh? –comentó él con una mueca–. Pero ahora estamos haciéndolo bien…

Vicki estaba aterrada ante el huracán que estaba a

punto de desencadenar. No era el mejor momento, y además ella creía que ya lo había superado, pero evidentemente no era así.

–¿Eso te parece? Hemos prometido que no habría más secretos entre nosotros, y sin embargo…

–¿Crees que hay algo más que debamos aclarar? –preguntó él preocupado.

–Nunca hemos hablado de Miranda –dijo ella, y las palabras cayeron como bombas entre ellos.

Al mismo tiempo, Vicki sintió un enorme alivio por estar sacando el tema a la luz.

–¿Miranda? ¿Qué tiene ella que ver con nada?

El desconcierto de él hizo que a Vicki se le encogiera el estómago. O Caleb le estaba mintiendo o ella había cometido un terrible error. De pronto él comprendió.

–¡Maldita sea, Vicki! No puedo creer lo que estoy suponiendo. Dilo de una vez –le urgió.

Era demasiado tarde para echarse atrás.

–Yo sabía que nuestro matrimonio estaba en crisis desde hacía tiempo –comenzó ella–, pero la razón por la que te pedí el divorcio fue porque creí que tenías una aventura con Miranda. Siempre te quedabas en el bufete hasta muy tarde –se justificó, viendo que él la miraba cada vez más enfurecido–. Y cuando te telefoneaba, ella respondía diciendo que no podías contestar.

–¿Y eso fue suficiente para condenarme? –preguntó él tenso y apartándose de ella.

Vicki se preguntó si, después de todo lo que se estaban esforzado por reconstruir su matrimonio, iba a perder a Caleb por ser estúpida. La idea de no volver a escuchar su risa se le clavó en el alma como un puñal.

Pero dejó a un lado sus temores y lo miró a los ojos. Tenía que enfrentarse a aquello, ella ya no era la mujer que ocultaba su dolor y seguía adelante con un matrimonio sintiéndose traicionada sin haberle preguntado a Caleb si era culpable de lo que ella le había condenado.

–No, pero me hizo sospechar. Ya sabes que yo no era la mujer con más confianza en sí misma del mundo.

–Vicki… –comenzó él frunciendo el ceño.

–Déjame terminar –le rogó ella–. No creo que pueda reanudar esto si me detengo.

Él hizo un gesto de que hablara y le acarició el cuello. Vicki sintió un alivio inmediato. Las caricias de Caleb eran su ancla cuando todo lo demás se le iba de las manos.

–Hace cuatro meses te fuiste de viaje de negocios a Wellington y ella te acompañó, ¿lo recuerdas?

–Sí.

Por supuesto que lo recordaba. En casi cinco años de matrimonio, había sido la primera vez que se había apartado de su esposa durante más de una semana y la había echado de menos a cada momento. Pero a ella no le importaba lo suficiente su relación como para tomar la iniciativa por una vez y llamarlo. Más herido de lo que creía posible, Caleb se había convencido de que su matrimonio estaba en su peor momento y tampoco la había telefoneado.

–Te eché tanto de menos… No podía dormir sin ti a mi lado –le confesó Vicki con los ojos brillantes de la emoción–. La primera noche de tu viaje, esperé a que me llamaras, como hacías siempre. Pero como no sabía nada de ti, hacia las tres de la madrugada te llamé yo. Primero al móvil, pero lo tenías apagado. Así que llamé al hotel. ¡Y me contestó ella!

Vicki comenzó a golpearle el pecho con los puños.

–Dijo que estabas en la terraza y que podía llamarte si yo quería. Por la forma en que me habló, ¿qué se suponía que iba a pensar yo? Nosotros habíamos discutido y tú te habías marchado furioso, lo suficiente como para hacer algo que me hiriera.

Caleb no podía creer que la mujer que hablaba tan francamente fuera su reprimida y elegante Victoria.

–¡Cuando regresaste ni siquiera me tocabas! No me deseabas y yo pensé que ella te había dado lo que yo no podía proporcionarte. ¿Qué estaba ella haciendo en tu habitación, Caleb? ¿Por qué respondió a tu teléfono en mitad de la noche? –le preguntó separándose de él.

–Nos cambiamos las habitaciones –respondió él, preguntándose si ella lo creería–. El hotel se confundió y a mí me dio la habitación de fumadores y a Miranda la de no fumadores.

–Quizás no fue un error… ¿No podría ella haberlo planeado?

Después de su pelea con Vicki, él se había pasado todo el viaje a Wellington de un humor de perros. Pero Miranda no había protestado por su mal genio y había estado muy pendiente de él. Caleb lo pensó detenidamente y se dio cuenta de que la mujer le estaba ofreciendo mucho más que simpatía. Debía de haber sido muy duro para ella que él no respondiera a sus insinuaciones. Podía haber intentado romper su matrimonio para conseguir estar con él.

–¿Y los de recepción no lo sabían? Ellos fueron quienes me pusieron con tu habitación.

–Llegamos al hotel muy tarde, recuerda que tomamos el último vuelo. Cuando descubrimos el error, nos cambiamos las habitaciones y Miranda dijo que ella hablaría con recepción por la mañana –respondió él tenso.

Vicki tragó saliva y se tapó el rostro con las manos, dándose cuenta de su error garrafal.

–Pero tú no me deseabas. ¡No me tocaste ni una vez en toda una semana! Y antes siempre me tocabas. Sucediera lo que sucediera, al menos me tocabas.

–Estaba dolido –confesó decidido a que si ella había sido sincera con él, él no podía ser menos con ella–. Yo deseaba que mi mujer se preocupara por mí y me llamara, que quisiera arreglar nuestra pelea. Pero nunca te molestaste en hacerlo.

–Miranda fue terriblemente convincente. Si la hubieras oído... –susurró Vicki–. Me dolió muchísimo que pudieras haberte entregado a otra mujer, se me partió el corazón.

Él la miró fijamente.

–Nunca te he engañado y nunca lo haré. La fidelidad es mi única arma para combatir la vergüenza que Max me convenció que era mi herencia. Soy incapaz de traicionar eso. ¿Me crees?

Su pregunta tan directa la hizo temblar.

–Sí, Caleb, te creo –dijo ella, y en su mirada había un profundo deseo–. Lo siento, Caleb. Debería habértelo preguntado, no solo...

Él estaba enfadado con ella porque no hubiera confiado en él, pero no lo suficiente para querer verla sufrir. Y no toda la culpa había sido de ella.

–Recuerdo cómo me comporté a mi regreso de ese

viaje. No me extraña que no quisieras sacar el tema. Y tenías razón respecto a una cosa: la razón por la que cambié de secretaria fue porque Miranda se lanzó sobre mí a los pocos días de que tú y yo nos separáramos. Cuando descubrió que yo no estaba interesado en ella, dimitió, y yo lo atribuí a que se había hecho ilusiones vanas. Si hubiera sabido lo que había hecho en Wellington…

Vicki dejó escapar un grito de angustia.

–¡No puedo creer que casi me muriera de preocupación por algo que no había sucedido! Durante cuatro meses he dejado que eso me carcomiera por dentro, diciéndome que podía ignorarlo, que podía aceptarlo por el bien de nuestro bebé. Pero al mismo tiempo sabía que no podía perdonar ni olvidarlo.

–Supongo que ese ha sido tu castigo. Y ya se ha acabado –dijo él, convencido.

No iba a permitir que las mentiras de Miranda destruyeran un matrimonio que estaban reconstruyendo con todo su corazón y su alma. Y nada de lo que él hiciera podría igualar el tormento al que se había sometido Vicki a sí misma. Además, el hecho de que ella hubiera decidido compartir con él sus preocupaciones en lugar de seguir guardándoselas era un signo de que ella confiaba plenamente en él.

–Conmigo nunca vas a tener que preocuparte de si te engaño o no. Entre tú y el bufete, ¿cuándo iba a tener tiempo? –dijo él con intención de hacerla reír, de aliviar su dolor.

Pero ella reaccionó abrazándose fuerte a él.

–Salvaremos tu bufete, Caleb. Nadie va a arrebatártelo, te lo prometo.

Abrumado por la ferocidad de su declaración, él la abrazó y supo que había algo más que ella no decía.

Dos días después de duro trabajo por ambas partes, Caleb se encontró presidiendo una cena con nueve de sus clientes más importantes y sus esposas. Su socio Kent Jacobs y su novia también estaban presentes.

A mitad de comida, cuando todo el mundo estaba relajado, uno de los clientes más antiguos se inclinó hacia delante en la mesa y se dirigió a Caleb.

–Caleb, he contado contigo siempre durante ocho años, desde antes de que tuvieras tu propio bufete. Yo no voy a salir huyendo despavorido, pero tampoco voy a permitir que mi empresa se hunda contigo –comenzó el hombre–. No podemos permitirnos que se nos relacione con un bufete que tiene una imagen de incompetencia, si me permites ser tan brusco. Yo sé que sois los mejores, pero tengo que responder ante mis accionistas, que obtienen la información por la prensa. Y el artículo del otro día no os daba buena publicidad.

Todos se quedaron en silencio, pero Caleb agradeció la oportunidad de poder poner el tema sobre la mesa. Tomó aire profundamente, miró a Vicki y comenzó a hablar.

–Estamos convencidos de que podemos superar esta crisis. Lo único que os pedimos es que no precipitéis una crisis en el bufete dejando de ser clientes nuestros antes de tiempo. Si no logramos recuperarnos, cooperaremos plenamente en transferir vuestro historial a nuevos abogados. Os pedimos que esperéis dos semanas antes de tomar esa decisión.

El hombre que había sacado el tema asintió.

–Estaré encantado de hacerlo. Sois los mejores, y no quiero perderos si existe alguna oportunidad de que volváis a lo más alto.

El resto de los clientes dijeron lo mismo. Así que Caleb y su equipo tenían dos semanas de gracia.

Esa noche, en la cama, Caleb abrazó a Vicki.

–Qué gusto, nos han dado un respiro.

–Yo estaré a tu lado todo el tiempo.

–Lo sé. Las próximas dos semanas van a ser duras –dijo él, pero saber que contaba con ella lo ayudaba más que cualquier otra cosa.

–¿Más duras que nuestra separación?

–Nada podría ser tan duro como eso –respondió él y entonces lo vio todo con perspectiva–. ¿Qué sería lo peor que podría suceder? Que no nos recuperáramos de la crisis y mi bufete y mi reputación quedaran por los suelos.

Vicki lo observó divertida ante su tono lastimero.

–¿Y qué?

–Y comenzaríamos de nuevo –contestó él sintiendo que la opresión del pecho se le aliviaba–. No vamos a quedarnos en la indigencia. Tengo suficientes inversiones para poder vivir durante una buena época.

–Yo podría mantenerte –propuso ella besándolo en el cuello–. Aún tengo el dinero del fondo fiduciario que me entregaron cuando cumplí los veintiuno. Y además, pronto tendré un sueldo.

–Vivir siendo un mantenido… –murmuró él–. Quizás lo intente.

–Te volverías loco a la media hora de haber empezado –comentó ella riendo.

–Sí, pero es bonito soñar –admitió él, besándola en la boca.

Fue un beso en el que le demostraba su devoción por ella. Fue tierno, hermoso y con su punto voraz. Cuando se separaron, ella lo miró preocupada.

–Caleb, estamos bien, ¿no?

–Estamos mejor que nunca. Lo que has hecho ha sido demostrarme que puedes comportarte de forma tan estúpida como yo.

Ella hizo una mueca.

–Soy culpable, lo admito. No volveré a dudar de ti.

–Lo sé.

Era cierto. Su matrimonio se había fortalecido después de que ella confiara en él lo suficiente para poder comentar ese tema que tanto le había hecho sufrir.

–Buenas noches, amor mío.

–Buenas noches, Caleb –susurró ella recostándose en el pecho de él.

Y felices y contentos, se durmieron.

Capítulo Doce

Durante los siguientes diez días, el sueño fue un lujo que Caleb apenas se pudo permitir. Él y su equipo trabajaron a tope. Y, en todo momento, Victoria estuvo a su lado, siendo el ancla que le permitía seguir adelante sin destruirse a sí mismo de tanta preocupación.

El tercer día, después de haber llevado el desayuno para todos, Vicki salió del bufete con una sonrisa. Pero se le quitó en cuanto respondió al teléfono móvil. No reconoció el número, pero la voz le era dolorosamente familiar.

—Hola, Vicki.

—Madre… —respondió ella apoyándose en una pared—. ¿Estás en Auckland?

—Acabo de llegar al hotel. ¿Tienes un rato para tomar un café mañana, digamos a las once? ¿Qué te parece ese pequeño café en el que nos vimos el año pasado?

Vicki estaba tan nerviosa que no lograba pensar con claridad.

—Claro, suena bien.

Minutos después de terminar la conversación, Vicki seguía apoyada en la pared con el móvil en la mano. Quiso correr a los brazos de Caleb y pedirle que lo solucionara todo. Nadie, ni siquiera Ada, era capaz de destruirla como podía hacerlo Danica. Como un huracán, aparecía en la vida de Vicki una vez al año y dejaba todo devastado a su paso en el terreno emocional.

Danica no era mala persona, simplemente estaba tan centrada en sí misma que no tenía tiempo de ser madre, de escuchar qué necesidades tenía su hija.

Esa noche, Caleb llegó a casa pasada la medianoche. Vicki estaba dormida y tuvo cuidado de no despertarla mientras se desvestía. La observó unos instantes bajo la luz de la lámpara de su mesilla de noche. Era una mujer preciosa. ¡Apenas podía creer que fuera su esposa! Se metió en la cama, apagó la luz y se abrazó a ella.

Independientemente de lo que sucediera con su empresa, siempre tendría a Victoria a su lado.

A la mañana siguiente, Vicki contempló su teléfono móvil mientras luchaba contra la urgencia de llamar a Caleb. Guardó el teléfono en el bolso y bebió un sorbo de café. Y entonces se dio cuenta de una cosa: ya no estaba sola frente a Danica, aunque nadie la acompañara en ese instante, la fe que Caleb tenía en ella era una presencia invisible de apoyo a su lado.

Una figura vestida de rojo que entraba por la puerta llamó su atención. Observó a la atractiva rubia acercarse a ella. Aunque tenía más de cincuenta años, todo en Danica indicaba juventud. Tenía un cuerpo bien proporcionado, una melena rubia perfectamente cortada y un maquillaje impecable. Vestida con un traje rojo de tirantes, lograba que mucha gente se volviera para mirarla.

–Hola, Victoria, cariño –saludó cuando llegó junto a ella y la besó en la mejilla.

–Hola, madre –respondió Vicki envuelta en aquel perfume que tenía dolorosos recuerdos para ella.

Su madre se sentó frente a ella, toda gracia y sensualidad, y Vicki se sintió como el patito feo a su lado.

–Ese color te sienta bien, cariño –dijo Danica refiriéndose a su suéter azul oscuro de cachemir.

–¿Tú no tienes frío? –le preguntó ella.

–Yo soy de sangre caliente –respondió su madre riendo.

A los pocos instantes le llevaron su café.

–¿Qué tal por Italia?

Danica se había ido a vivir allí al conocer a Carlo Belladucci, y nunca había invitado a Vicki a que la visitara. Su madre la miró compungida y colocó una mano sobre la de Vicki. Ella se sorprendió tanto que no supo cómo reaccionar.

–He venido para pedirte disculpas, hija, por todo: por dejarte con Ada, por irme con Carlo en lugar de cuidar de ti, por no estar nunca a tu lado cuando me necesitaste… Perdóname –le rogó Danica.

Vicki sabía que eso no quería decir nada. A Danica siempre le invadía la culpa cuando estaba con ella, pero eso no significaba nada.

Lo asombroso fue que a Vicki esa vez no se le partió el corazón. Fue consciente de la vida que crecía en su interior. Sin saberlo, el bebé y Caleb le daban la fuerza para no quedar destrozada ante el vendaval que suponía su madre. El pasado dejaba de ser tan importante, frente al futuro, que estaba lleno de esperanzas.

–No tengo nada que perdonarte –replicó ella tomando la mano de su madre entre las suyas–. Me alegro de que seas feliz.

–Sí que lo soy –respondió ella retirando la mano–. ¿Y tú, cariño? ¿Cómo está tu arrebatador marido?

–Caleb y yo estamos perfectamente –dijo ella, y sonrió al sentir que la amargura al hablar con su madre se disipaba–. Vamos a tener un bebé.

Danica dio un grito de júbilo que llamó la atención de todo el local.

–¡Oh, cariño, eso es fabuloso! ¡Dios santo, eso significa que voy a ser abuela!

–Serás una abuela guapísima y tu nieta te adorará cada vez que la visites.

A Danica pareció gustarle la idea. Mientras parloteaba sobre los vestidos de diseño que iba a regalarle al bebé, Vicki tuvo otra certeza: a su madre no le gustaba casarse ni tener ataduras de ningún tipo. Lo que para Ada era algo amenazador, para Danica era la vida perfecta. Su madre no era amante de nadie más que de sí misma.

Algo en el interior de Vicki se curó al pensar en eso y por primera vez sintió lástima de Ada. Su abuela basaba su vida en una serie de mentiras. Y ella ya no iba a asustarse. De pronto supo con certeza que Ada nunca más lograría hacerle recluirse en su coraza.

Una hora más tarde, Vicki se despidió de su madre y decidió acercarse a una tienda cercana de lencería. Le asombraba lo tranquila que estaba.

Le llamó la atención una camisola verde musgo. Era muy sexy. «Me gusta verte con satén y encaje», recordó que le había dicho Caleb. Así que no se lo pensó dos veces.

Vicki se dio cuenta de que amaba a Caleb más de lo que nunca hubiera imaginado. Era un sentimiento ancestral, que exigía todo de ella. Gracias a eso había sido capaz de perdonar a su madre. Sonrió con los ojos inundados de lágrimas de emoción, buscó las bragas que hacían conjunto con la camisola y se dirigió al mostrador para pagarlos.

Por la noche, Caleb logró llegar a casa a las ocho.

–¿Cómo van las cosas? –le preguntó ella.

–Parece que vemos la luz al final del túnel –respondió él, y olfateó algo–. Huele muy bien.

–He hecho pasta.

Pasaron delante del salón y él vio que había un álbum de fotos abierto. Era un regalo que le había hecho Ada a Vicki, una especie de crónica de su vida, desde su nacimiento hasta su boda.

–¿Qué estabas haciendo con esto? –le preguntó Caleb.

Caleb se sentó y hojeó el álbum. A partir de los cuatro años, había muy pocas fotos en las que Vicki apareciera con su padre o su madre. Tenía todo el derecho a sentirse abandonada.

Al menos Carmen y Max no se habían despreocupado de él hasta que había tenido edad suficiente para poder cuidar de sí mismo. Debía de haber sido muy duro para Vicki, a los cuatro años, sentirse abandonada.

Vicki llegó con un plato de pasta humeante y delicioso y lo dejó en la mesa.

–Gracias, cariño –dijo él sentándose a la mesa–. Bueno, ¿qué estabas haciendo con el álbum?

–Estaba permitiéndome recordar. Necesito hacerlo. No puedo ignorar lo que sucedió y seguir siendo yo.

Tengo que aceptar el hecho de que personas que supuestamente debían amarme incondicionalmente, me hicieron mucho daño. Tengo que quedarme en paz con mi pasado antes de poder concentrarme en el futuro.

A Caleb le saltó el corazón en el pecho. Estaba muy orgulloso de su esposa.

—Eres la mujer más valiente que conozco.

Ella sonrió tímidamente.

—No habrías dicho lo mismo si me hubieras visto temblando antes de quedar hoy con mi madre.

Él frunció el ceño e hizo que lo mirara a los ojos.

—¿Por qué no me lo habías dicho? Podría haber…

—No te preocupes. Todos tenemos retos que afrontar y Danica era uno de los míos. No podía seguir escondiéndome de lo que me hizo, igual que no puedo esconderme de estas fotos.

Caleb estaba abrumado por su fuerza, por su habilidad para superar el dolor que su madre le había causado.

—¿Y qué has decidido después de quedar con ella?

Ella apoyó la cabeza en el hombro de él y hojeó el álbum.

—He decidido que no debo asustarme de sentir, de amar, de entregarme por completo.

Él la abrazó fuerte.

—No me dejes nunca, Caleb.

Esas palabras le llegaron al alma.

—Nunca —le aseguró él emocionado—. No quise irme cuando me lo pediste. ¿Por qué iba a querer irme voluntariamente?

Capítulo Trece

Vicki se despertó por la noche y observó a Caleb profundamente dormido a su lado. No podía dejar de pensar en lo que él le había dicho delante del álbum de fotos.

Por primera vez en su vida estaba con alguien que era demasiado terco para abandonarla. Era justamente el tipo de posesividad que ella necesitaba. Con la petición de divorcio había querido llamar su atención, pero él se había mantenido fiel a la promesa que le había hecho el día de su boda: que la amaría, honraría y protegería durante el resto de su vida.

La lealtad de su marido era toda una lección para ella. Su amado Caleb siempre sería su roca, independientemente de lo que la vida les pusiera por delante. Se sentía preparada para arriesgarse y entregarle su corazón y su cuerpo completamente. Después de tantos años, por fin la niña de cuatro años de su interior sonreía.

Vicki se levantó de la cama y se puso el conjunto de lencería que había comprado esa tarde. Ya era hora de mostrarle a su marido lo mucho que significaba para ella.

Sonrió. Últimamente no estaba teniendo problemas en comprender a Caleb, en la cama y fuera de ella, porque su marido confiaba en ella. Y ella iba a atesorar ese regalo desde ese momento. En el sexo le daría toda la ternura que él no aceptaba en otros contextos, le demostraría que ella era suya en todos los sentidos.

Se observó en el espejo con una mezcla de alegría y nervios. Ese conjunto sorprendería a Caleb cuando se despertara. Vicki esperaba que él comprendiera lo que intentaba decirle. Se estremeció y se metió en la cama junto al cuerpo cálido de Caleb. Él murmuró algo dormido y la abrazó.

Aunque había puesto el despertador, Caleb se despertó antes de que sonara. Miró el reloj y comprobó que aún le quedaba una hora antes de tener que levantarse. Estaba a punto de volver a dormirse cuando percibió una textura nueva bajo su mano. Era satén, suave y sedoso. Frunció el ceño. Cuando se había metido en la cama estaba muy cansado, pero estaba seguro de que Vicki llevaba puesto su viejo pijama.

Con mucho cuidado, encendió la lámpara de su mesilla y levantó las sábanas. Se quedó perplejo: aquello no era el viejo pijama de Vicki.

Sin poder evitarlo, Caleb apartó las sábanas completamente. Vicki se quejó medio dormida y él le frotó los muslos para calentarla, mientras se recreaba en la visión de su esposa con aquel conjunto de satén y encaje. La camisola se le había levantado un poco y dejaba ver una deliciosa franja de piel de su ombligo, que él no pudo evitar acariciar. Ella gimió aún dormida.

Caleb levantó la vista y se quedó sin aliento. El tirante izquierdo se le había caído del hombro y dejaba al descubierto la cremosa curva de su seno, mientras el otro permanecía primorosamente tapado. ¿Sabía Vicki lo que estaba haciéndole? Se inclinó y besó su seno desnudo. Ella se removió ligeramente en sueños y entrelazó una mano en el pelo de él, manteniéndolo sobre ella. Encantado, Caleb asió el tirante con los dientes y tiró hasta que el pecho quedó completamente al descubierto. Suspiró apreciativo. Luego acercó su mano y jugueteó con el pezón, despertando por completo a Vicki, que se abrazó a él fuertemente.

–¿Caleb, qué estás haciendo?

–Esto no es tu pijama –le acusó él sin dejar de acariciarle los senos, y cambió la mano por la boca.

Vicki ahogó un grito de placer. Intentó hablar, pero solo le salió un gemido.

–Quería sorprenderte –logró articular al fin–. Quería...

–¿El qué? –insistió él sin dejar de acariciarla y mordisquearla–. Dime lo que querías.

Ella se apretó contra él.

–¿Tengo que ponerlo en palabras? –preguntó ella con tanta sensualidad que le llamó la atención.

Caleb la miró a los ojos y lo supo: se había puesto aquel conjunto porque quería hacer el amor. Había tomado la iniciativa a su manera.

–Esta vez no hace falta que hables –dijo él sonriendo–. Nos quedan muchos años por delante, y me gusta cómo dices las cosas sin hablar.

Ella se ruborizó y se encendió aún más. Caleb se recreó en contemplarla junto a él, anhelante y entregada, y algo primitivo en él se regocijó. Aquella era su esposa, su amante, la mujer de su vida. Y no era pasiva, sino muy activa. Además, no estaba entregándole solo su cuerpo, Caleb podía verlo en sus ojos. Pero seguía necesitando escuchar las palabras.

Si ella nunca decía aquellas palabras, a él le dolería, pero no lo destruiría, porque Vicky le demostraba de otras maneras lo mucho que significaba para ella.

Caleb le levantó un poco la camisola y le besó el vientre.

–Caleb… quiero un beso –dijo ella con las mejillas encendidas de deseo.

Él se lo concedió, y el beso fue una fiesta de los sentidos, salvaje y desinhibido. Ella le rodeó la cintura con una pierna y se apretó más contra él. El calor traspasó su ropa interior, produciéndole la mejor de las caricias.

Cuando separaron sus bocas para tomar aire, él permitió encantado que ella se colocara a horcajadas sobre él. Vicki lo contempló de arriba abajo con expresión de satisfacción y picardía al mismo tiempo. Y entonces se bajó el otro tirante de la camisola. Por primera vez desde que estaban casados, no había nada de timidez en ella.

Su gesto dejó al descubierto los dos senos. Caleb contuvo el aliento. Con una sonrisa muy femenina, Vicki se bajó la camisola hasta la cintura y se inclinó sobre él para que saboreara sus pechos. Él hizo lo que le pedía, y los gemidos de ella lo encendieron aún más.

–Espera –dijo ella de pronto, haciéndolo tumbarse boca arriba en la cama.

Y entonces deslizó la mano dentro de los boxer de él y cerró la mano alrededor de su erección. Caleb creyó que iba a morirse de placer y se esforzó por no cerrar los ojos para poder verla. Era una vista maravillosa: la expresión de ella era puro deseo, tenía la boca entreabierta y jadeaba.

Él gimió y ella ahogó un grito de pasión. El placer de él alimentaba el de ella y le hacía sentir a Caleb más hombre que nunca.

–Ahora, Vicki.

Ella le bajó los boxer, liberando su miembro erecto. Se dispuso a quitarse las bragas, pero él la retuvo y apartó el tejido con una mano.

–Caleb… –murmuró ella, tan hambrienta como él.

Él se la acercó lentamente y observó cómo lo acogía en su interior, usando toda su fuerza de voluntad para no llegar al clímax en ese mismo momento.

Ella arqueó la espalda y gritó mientras lo recibía entero. Y entonces ninguno de los dos pudo pensar más.

Diez días después de la cena en la que sus clientes le habían expuesto sus dudas, Caleb salió de una reunión confidencial. Estaba agotado pero eufórico.

Eran casi las siete cuando regresó al bufete, pero todo el personal estaba esperándolo. Nada más verlo aparecer por la puerta, todos gritaron de contento. El trato que había desencadenado la crisis había sido felizmente cerrado, y Callaghan&Associates había demostrado que era un bufete serio y capaz de superar desafíos. Eso reforzaría a sus antiguos clientes y les proporcionaría otros nuevos.

–¡Vayamos a celebrarlo! Han abierto un nuevo restaurante aquí al lado hace poco –comentó alguien.

–Yo me voy a casa –se disculpó Caleb–. Pero divertíos y cargadlo en la cuenta del bufete. ¡Prometo no descontároslo de vuestras primas!

No olvidaría la dedicación de sus trabajadores a la hora de recompensarlos.

Intentaron convencerle para que se uniera a ellos, pero él lo único que deseaba era estar junto a su esposa. Se había dado cuenta de que ningún éxito de su trabajo significaría nada si ella no estaba a su lado para compartirlo. Ella era la única persona a quien él le había importado lo suficiente como para estar orgullosa de sus logros. Ella era la única que había luchado para protegerlo…

Caleb se dijo que ya podía dejar de huir, dejar de querer impresionar a Max. De pronto, ya no sentía dolor, sino pena de ese hombre que había alejado de sí a un hijo que lo hubiera hecho sentirse orgulloso. Pero eso ya no afectaba a la felicidad de Caleb, porque tenía una base mucho más firme en Vicki.

Por fin estaba listo para irse a casa.

Antes de marcharse, aún le faltaba una cosa por hacer. Telefoneó a Kent, su colega del bufete.

–¿Puedes reunirte conmigo cinco minutos?

–Claro, estoy de camino al restaurante, regreso al bufete enseguida. ¿Algo va mal?

–No –respondió Caleb con una sonrisa–. Algo va muy bien.

A las diez de la noche, Caleb entró en su casa. Justo esa noche no había querido llegar tarde, pero el destino se había conjurado en su contra. Vicki salió de su estudio sonriente.

–¿Te has quedado trabajando hasta ahora?

Él negó con la cabeza y comenzó a quitarse el abrigo.

–Me he encontrado con retenciones en la autopista a causa de una accidente.

–Me alegro de que estés bien –dijo ella colgando el abrigo en el armario, y luego regresó junto a él y lo abrazó–. Te he echado de menos.

–¿Ah, sí? –le provocó él, sintiéndose el hombre más afortunado del mundo.

–Sí. Estaba esperándote para decirte algo: me han dado el empleo. Aunque aún no ha pasado el mes de prueba, dicen que quieren contratarme indefinidamente –exclamó ella eufórica–. Les han impresionado tanto la serie de entrevistas en la radio que…

Caleb la tomó en brazos y comenzó a girar riendo y cantando. Cuando se detuvo, ella tenía el rostro encendido de felicidad.

–Sabía que no iban a poder resistirse a tus encantos.

Ella sonrió y lo besó tiernamente.

–No me extraña que yo te quiera tanto.

A Caleb se le detuvo el corazón. Nadie nunca le había dicho que lo quería.

–¿Qué acabas de decir?

Ella lo miró a los ojos.

–He dicho que te quiero, Caleb Callaghan. Te amo locamente, apasionadamente. Solo lamento que haya pasado tanto tiempo antes de poder reunir el valor de decírtelo.

Él pensó cómo corresponder a aquello.

–Hemos cerrado el acuerdo –anunció.

Vicki sonrió ampliamente.

–¿Cómo no me lo has dicho antes? –le reprendió–. Podías haberme llamado por teléfono.

–Quería decírtelo mientras estabas en mis brazos –explicó él, y se quedó pensativo.

–¿Qué te sucede?

–No logro encontrar las palabras… para decirte lo mucho que significas para mí.

–Caleb, cariño, lo sé –dijo ella acariciándole el rostro–. Te lo oigo decir cada vez que me tocas, por fin comprendo lo que me dices con tu cuerpo.

Él sintió que le entregaba su corazón a ella.

–Eres mi todo –le susurró abrazándola–. Nunca lo olvides, y no me permitas que yo lo olvide.

Sin ella a su lado, él estaría perdido, no tendría alma ni corazón. La miró a los ojos.

–Te has portado muy bien referente a que yo trabajara por las noches y los fines de semana.

–Teníais que cerrar ese trato, superar la crisis. Tu trabajo exige eso, pero mientras no lo hagas a menudo, podré soportarlo y nuestra hija también.

–Bueno, a partir del próximo mes voy a tener menos carga de trabajo –le anunció él–. Kent va a convertirse en mi socio del bufete.

Vicki lo miró atónita.

–Se lo ha ganado. Si no le convertía en socio, podría haberse marchado a otro bufete –añadió él, pero esa no había sido la principal razón, y quería que ella supiera cuál era–. Ya no tengo que demostrarme nada a mí mismo. Solo quiero que seas feliz.

A Vicki se le llenaron los ojos de lágrimas.

–Estoy tan feliz… –explicó ella–. Caleb, eso significa que tendrás menos carga de trabajo.

Él le acarició el pelo y le enjugó las lágrimas.

–Yo seguiré siendo el socio principal, pero Kent va a hacerse cargo de parte de mi trabajo.

–Soy lo primero –murmuró ella incrédula–. Nunca creí que fuera a serlo, por mucho que me amaras.

Él se quedó en silencio unos instantes.

–Eres lo más importante en mi vida. Mi trabajo no significaría nada si tú no estuvieras a mi lado.

Ella se echó a llorar de nuevo.

–Estúpidas hormonas… –se justificó–. Creo que te amo demasiado, Caleb. No puedo evitarlo.

Para su sorpresa, él esbozó una sonrisa.

–Siempre voy a estar a tu lado para protegerte. Incluso aunque te hubieras divorciado de mí, habría seguido cerca de ti para lo que necesitaras.

Ella rio entre lágrimas.

–Tonto, yo nunca quise divorciarme de ti.

–Lo sé.

Le había llevado tiempo comprender por qué ella le había pedido el divorcio, pero al final lo había comprendido.

–¿Qué te parece si te regalo una campana, enorme y muy sonora? Así, la próxima vez que quieras llamar mi atención…

–¡Caleb! –exclamó ella entre risas.

Él sonrió y la tomó en brazos. Ella era perfecta, y aquello era un final feliz que él no había creído que podría sucederle. Entonces Vicki lo besó y él se dio cuenta de que su historia no había hecho más que comenzar.

Epílogo

Caleb observó a Vicki en el estrado con el corazón henchido de orgullo. Ella se dirigía a un auditorio lleno de potenciales donantes y hablaba con absoluta convicción. Cuando terminó su intervención, todos los asistentes aplaudieron entusiasmados, incluida Ada.

La relación de Vicki con su abuela había cambiado porque Vicki había cambiado: ya no se dejaba pisotear por nadie, y él la admiraba y la amaba por eso.

Caleb abrió los brazos para recibirla y la mujer de su vida se fundió con él en un abrazo.

–Has estado brillante –le comentó él.

–Estaba aterrada –respondió ella sonriendo–. ¿Dónde está Hope?

Él le hizo girarse hacia la adorable niña de tres años que reía junto a Ada. Vicki sonrió.

–Cada día se parece más a ti. Vamos a tener que apartar a manotazos a los pretendientes cuando crezca.

–¿Has dicho algo de pretendientes? –preguntó él frunciendo el ceño.

Vicki rio suavemente y se acercaron a la pequeña. Cuando ella la vio, salió corriendo hacia su madre.

–¡Mamá! –gritó llena de alegría.

Ella la subió en brazos y la besó en la mejilla.

–¿Qué quieres hacer mañana? –le preguntó a la pequeña.

–¡Playa! –exclamó ella ilusionada.

–A mí me parece estupendo, ¿y a ti, cariño?

Caleb se sintió maravillado de que aquella mujer tan inteligente, hermosa y cariñosa lo amara.

–Perfecto. Iremos a la playa.

El día siguiente era sábado, y él siempre dedicaba los fines de semana a su familia.

Les había costado un poco encontrar el equilibrio entre el trabajo y la vida familiar. Cuando el puesto de Vicki en Heart había empezado a requerir demasiado de ella, había contratado a una asistente. Eso le había permitido seguir criando a su hija sin necesidad de niñeras y rendir más en su vida y en su trabajo.

En cuanto a Caleb, había delegado mucho trabajo en su socio tras el nacimiento de Hope. Estaba fascinado por la criatura que era una parte de él. Más que un padre ausente, Caleb estaba tanto tiempo con ella que casi la sobreprotegía.

Pero quien realmente era el centro de su mundo era Victoria, significaba para él más de lo que nunca hubiera imaginado. Y sabía que ella comprendía lo que él le transmitía sin palabras.

–Bueno, guapísima, ¿ya has terminado aquí? –le preguntó.

–Sí, solo tenía que hacer esa presentación.

Hope quiso que su padre la agarrara en brazos y Vicki se la pasó a su marido.

–La estás malcriando… –comentó ella.

Caleb se inclinó sobre ella y la besó en la boca.

–Si quieres, puedo subirte en brazos a ti también.

–Quizás te lo permita… esta noche –dijo ella con una mirada traviesa.

155

Caleb se estremeció deseando que llegara la noche.

–Debes saber que Hope y yo hemos estado hablando últimamente… ¿Qué te parecería darle un hermanito?

Ella se puso de puntillas y lo besó en la boca.

–Me parece muy bien. ¿Quieres un hermanito, Hope?

–¡Sí! –exclamó la pequeña ilusionada.

Caleb contempló a las dos mujeres de su vida y sintió que lo inundaba una enorme paz. Entonces Vicki lo miró con sus enormes ojos azules y la paz dejó paso al deseo, que inundó su cuerpo y su alma.

–Todo –susurró él.

«Eres mi todo», pensó.

Ella sonrió emocionada.

–Caleb Callaghan, no me hagas llorar.

Él rio y le pasó el brazo por los hombros, sujetando a su hija con el otro brazo.

–Vamos a casa.

Así podría amarla, adorarla y mostrarle exactamente lo que ella significaba para él.

Todo.

MÁS CERCA

KRISTI GOLD

Hannah Armstrong se llevó la sorpresa de su vida cuando recibió la visita de Logan Whittaker, un apuesto abogado. Al parecer, había heredado una fortuna de la familia Lassiter, pero ella nunca había conocido a su padre biológico, y Logan le propuso ayudarla a descubrir la verdad acerca de su procedencia.

Logan estaba deseando pasar de los negocios al placer. Pero Hannah ya tenía bastantes secretos de familia, y el traumático pasado de Logan también podía empeorar las cosas a medida que la temperatura iba subiendo entre ellos.

Un apuesto abogado, una herencia millonaria

¡YA EN TU PUNTO DE VENTA!

Acepte 2 de nuestras mejores novelas de amor GRATIS

¡Y reciba un regalo sorpresa!

Oferta especial de tiempo limitado

Rellene el cupón y envíelo a
Harlequin Reader Service®
3010 Walden Ave.
P.O. Box 1867
Buffalo, N.Y. 14240-1867

¡Sí! Por favor, envíenme 2 novelas de amor de Harlequin (1 Bianca® y 1 Deseo®) gratis, más el regalo sorpresa. Luego remítanme 4 novelas nuevas todos los meses, las cuales recibiré mucho antes de que aparezcan en librerías, y factúrenme al bajo precio de $3,24 cada una, más $0,25 por envío e impuesto de ventas, si corresponde*. Este es el precio total, y es un ahorro de casi el 20% sobre el precio de portada. !Una oferta excelente! Entiendo que el hecho de aceptar estos libros y el regalo no me obliga en forma alguna a la compra de libros adicionales. Y también que puedo devolver cualquier envío y cancelar en cualquier momento. Aún si decido no comprar ningún otro libro de Harlequin, los 2 libros gratis y el regalo sorpresa son míos para siempre.

416 LBN DU7N

Nombre y apellido	(Por favor, letra de molde)

Dirección	Apartamento No.

Ciudad	Estado	Zona postal

Esta oferta se limita a un pedido por hogar y no está disponible para los subscriptores actuales de Deseo® y Bianca®.
*Los términos y precios quedan sujetos a cambios sin aviso previo.
Impuestos de ventas aplican en N.Y.

SPN-03 ©2003 Harlequin Enterprises Limited

Bianca

Si el hielo se encuentra con el fuego...

La hermosa Leila, la menor de las famosas hermanas Skavanga, se había ganado la fama de ser el diamante intacto de Skavanga, y estaba cansada de serlo. Había llegado el momento de empezar a vivir la vida y ¿quién podía enseñarle mejor a vivirla que Rafa León, ese atractivo español?

¡Rafa no tenía inconveniente en mezclar el trabajo y el placer! Intrigado por su timidez y pureza, y tentado por su petición, se ocuparía de que Leila disfrutara de todo lo que podía ofrecerle la vida. Sin embargo, cuando la fachada gélida de ella dejó paso a una pasión desenfrenada, él se dio cuenta de que jugar con fuego tiene consecuencias.

Caricias y diamantes

Susan Stephens

IDILIO EN EL BOSQUE

JANICE MAYNARD

Hacer negocios todo el tiempo era el lema del multimillonario Leo Cavallo. Por eso, dos meses de tranquilidad forzosa no era precisamente la idea que tenía de lo que debía ser una bonificación navideña. Entonces conoció a la irresistible Phoebe Kemper, y una tormenta los obligó a compartir cabaña en la montaña. De repente, esas vacaciones le parecieron a Leo mucho más atractivas.

Pero la hermosa Phoebe no vivía sola, sino con un bebé, su sobrino, al que estaba cuidando de forma temporal. Y a Leo, sorprendentemente, le atrajo mucho jugar a ser una familia durante cierto tiempo.

Se refugiaron el uno en el otro

¡YA EN TU PUNTO DE VENTA!